一途な御曹司の甘い策略で愛され懐妊花嫁になりました

m a r m a l a d e b u n k o

有坂芽流

JN042326

マーマレード文庫

目次

一途な御曹司の甘い策略で愛され懐妊花嫁になりました

一途な御曹司の甘い策略で愛され懐妊花嫁になりました

プロローグ

純白の和装で美しく仕上げられた彩花《あやか》が、仲人に手を引かれてこちらにやってくる。

ゆっくりと、美しい所作で。

慎重に歩みを進める彩花は、まるでひと足ごとに小さな覚悟を積み重ねているように目に映る。

彼女が身に着けているのは白無垢の花嫁衣装だ。

艶《あで》やかな純白の緞子《どんす》地には精緻《せいち》な刺繍《ししゅう》で花車や桜、流水が描かれており、白一色ながらも重厚感と深い奥行きを感じさせる。身に纏《まと》う花嫁を含めて、まさに芸術品と言っても過言ではないほどの逸品だ。

彩花は小さな顔に美しく化粧を施されているが昨今の流行なのか決して華美ではなく、清廉《せいれん》な気品に満ちている。

彼女の繊細な顔立ちと肌の透明感を活かした自然な薄化粧が純白の花嫁衣装に映え、襟足からのぞく華奢な首筋に初々しさが匂い立つ。

呆《ほう》けたように見惚れるうちに花嫁は俺の隣に辿《たど》りつき、俯《うつむ》き加減で佇む姿のあまりの美しさに、また震えるほどの衝撃が走った。

『本当にありがとうございました。私、急いでいて……申し訳ありませんでした』

彼女を、どうしても手に入れたい。

初めて出会った時から、ずっとそう思っていた。

引き寄せられるように身体が動いて彼女を抱き留めた、運命のようなあの一瞬から。

人生を左右する選択があるとしたら、きっと俺と彼女が関わるすべての出来事がそれに相当するのだろう。

ニューヨークから一時帰国したあの日、偶然階段から彼女が降ってきたこと。

彼女が父の秘書になったこと。

そしてあの朝、父から告げられた残酷な運命も。

何もかもが、まるで当たり前のように今に繋《つな》がっている。

「それでは新郎新婦さまは神殿へお進みください」

進行役の男性に促されて彩花の手を取り、雅楽と太鼓が鳴り響くホテルの神殿を進む。

すぐに神主の祝詞《のりと》が始まり、婚姻の契りを結ぶ神聖な儀式が始まった。

厳《おごそ》かに時が過ぎ三献《さんこん》の儀が始まると、彩花の細い肩が密やかに張りつめる。

盃を交わす幼気な指先に微かな震えが走るのを、目を細めて見守った。

美しい横顔は白く色を失い、身体は硬く縮こまっている。

彩花がまるで罪を犯した子羊のように怯《おび》えているのに気づき、胸にまた凶暴なほどの愛おしさが溢《あふ》れだす。

清楚《せいそ》な花のように可憐で無垢な、たったひとりの大切な人。

――怖がらなくていい。神を欺《あざむ》く罪は俺がひとりで背負うから。俺が一生君を愛して守るから。

敬虔《けいけん》な気持ちで神に誓い、隣で盃に口をつける目の覚めるような朱の唇に釘付けになった。

――君を絶対に離しはしない。

そう心に固く誓い――俺は最後の盃を飲み干した。

突然ですが結婚します

「動くな。……余計にひどいことになるぞ」

頭のすぐ上から、低い声が落ちてきた。

柔らかで耳ざわりのいいテノール。

わずかに甘さを感じさせるその声に、胸の奥が小さく疼《うず》く。

彼のワイシャツがもうほとんど顔に触れそうな距離まで迫っている。

身長百六十五センチの私と並んでも、頭がまだずいぶん上にあるくらい背が高い。

私の頭がちょうど彼の胸ポケットの辺り。

そう、これでお互いに手を背中に回せば、まるで恋人同士が抱擁しているような状態だ。

密着していると言っていいほどの近い距離から、体温と共に鼻腔をくすぐる芳香が漂う。

男らしい香り。

これは香水？　それとも整髪料の香りだろうか。

その濃密さに、頭がクラリとしてしまう。

（いけない、しっかりしなきゃ）

ハッと我に返り、彼から離れようと身体を捩《よじ》った。とそのせいでさらに髪がひきつれ、頭皮全体に激痛が走る。

「い、痛い！」

「だから動くなと言っているだろう」

「で、でも」

「ああ、今ので余計絡まったぞ」

向かい合わせの体勢は解消されたものの、彼の言う通りさっきよりももっと密着した状態になってしまった。

背中からウエスト、そしてヒップまでがぺったりと触れ合い、まったく身動きできない状態で私は石のように固まる。

（いったい、どうしてこんなことに？）

私はただ、社長室の奥にあるキッチンスペースで副社長にコーヒーを淹《い》れようとしていただけなのに。

「あ、あの、副社長、私たちはいったいどうなっているんでしょうか」

「俺のワイシャツの首元のボタンに、君の髪が何本も絡みついてる」

「ええっ……」

確かにさっき社長室に入ってきた時、父親のオフィスという気安さからか彼はまだノーネクタイで、ワイシャツのボタンをひとつ外《はず》していた。

(それじゃもしかして、一番上のボタンに髪が絡まっているってことなの……?)

とんでもない自分の姿を想像して愕然《がくぜん》としながら、私は顔が見えない彼にやり場のない苛立ちの気持ちを投げつける。

「副社長が私の後ろにいたなんて……何の気配もなくて、まったく気づきませんでした」

「まるで変質者のような言われようだな」

「そんなこと言ってません。でも、すごくびっくりしました」

さっきは後ろに副社長がいるなんて夢にも思わず、無防備に勢いよく振り向いてしまった。

前かがみになっていた彼ともう少しで顔が触れ合ってしまうほどの距離に驚き、とっさに身体を捩った拍子に足元がふらついて支えようとした彼の腕の中に倒れ込み——その結果が、今のこの状態というわけだ。

（どうしよう。もうすぐ社長だって出社してこられるのに……）

私は頭の中で今朝起こった出来事をもう一度反芻《はんすう》する。


月曜の朝、八時。

私はいつものように少し早目に出社して、社長室へと向かった。

ノックをして入室すると、目の前には品のいい調度品で整えられたシックな空間が広がっている。

ここは日本を代表する老舗の製薬会社、松岡《まつおか》製薬の社長室だ。

部屋の主はまだ不在だが、あと十分もすれば出社してくるだろう。

私、羽田《はねだ》彩花は二十七歳。

三年前畑違いの総務部から秘書室に異動して現在社長秘書を務めている、入社五年目の社会人だ。

松岡製薬は創業百年を超える、日本有数の製薬会社だ。

株式を上場している大企業にはいまどき珍しい同族経営だが、私が仕《つか》える松岡社長は他の大企業にも引けを取らない、業界きっての優秀な経営者として有名だ。

事実、彼はこの業種に於いて数々の実績を残した。

彼が父親から事業を引き継いだ約三十年前、自社の看板商品である喘息薬がある外資の新薬に取って代わられたことがあったそうだ。

その折にも、松岡社長は研究を重ねてさらに効果的な新薬を発売し、需要の拡大に成功した。

以後、副作用の少ない癌の特効薬を開発したりと企業の発展はとどまるところを知らない。

数々の成功は、どれも彼の機知に富んだ判断が功を奏してのことだ。

社長秘書となってまだ三年ほどだが、近くで接すれば接するほど彼の卓越した経営手腕と能力を目の当たりにし、日々尊敬せずにはいられない。

(社長、最近あまり食欲がないようだから、今朝のコーヒーは少し薄くしよう)

大企業のトップという立場上、分刻みのスケジュールで動く彼は多忙だ。

けれどどんなに過密なスケジュールでも、松岡社長は文句ひとつ言わず着実に業務をこなす。

それは私が秘書となる以前からのことらしいが、だからこそ無理をさせ過ぎてはいけないと秘書室長も私も常に細心の注意を払っている。

つい先週も、毎年恒例の宿泊付き人間ドックに入ってもらったところだ。

検査の結果は一週間ほどで出るはずだから、そろそろ社長の自宅に届いている頃だろう。

奥さままでもいればその辺りの配慮をしてもらえるのだろうが、その点については期待できない。

社長の奥さまは五年ほど前に病気で亡くなられており、以来、彼は今でも独身を貫いている。

ひとり息子の副社長も家を出ているから、通いのお手伝いさんはいるものの今はひとり暮らしだ。

「検査の結果、何もないといいな……」

思わずそう呟くと、同じタイミングで社長室の扉をノックする音が聞こえた。続いてドアが開き、ひとりの男性が部屋に入ってくる。

途端に部屋の空気が変わるのが分かり、私はハッとして顔を上げた。

百八十センチを軽く超える身長と広い肩。上質なスーツに包まれた身体は逞《たくま》しく、端整な顔立ちと相まって彼に圧倒的な存在感を与えている。

漆黒の髪は軽く波打ち、鋭い視線を放つ瞳は黒曜石の煌《きら》めきを放つ。

強く猛々しい容姿は彼に年齢以上の威厳を与えているが、同時に全身から匂い立つような生まれ持っての気品が見る人に高貴な印象をも感じさせる。

彼――松岡佑哉《ゆうや》は松岡製薬の副社長。そして同時に、松岡社長のひとり息子でもある。

私は速まる鼓動に気づかれないよう、大きく息を吸って表情を引き締めた。

私の緊張に気づいたのか、彼の方もまた固く口元を引き締めながらこちらへ歩み寄る。

「おはよう、羽田さん。社長はまだ？」

「おはようございます、副社長。社長はまだお見えになっていませんが、もうすぐ来られると思います」

「それじゃ、車の中からの電話だったんだな。実はさっき、話があるから会議の前に社長室に来いって連絡があってね。ここで少し待たせてもらっても構わないかな」

「はい。もちろん」

動揺に気づかれないよう完璧な笑顔で答えると、彼の方もビジネスライクな笑顔を浮かべる。

松岡製薬では、毎月第三月曜の朝に、役員が揃《そろ》って出席する定例会議が開かれる。

今日はそのためにいつもより早く家を出てきたのだが、肝心の松岡社長の出社が少し遅れている。

体調不良の件もあり少し不安になったけれど、息子である副社長に連絡があったなら大きな心配はなさそうだ。

胸の内で安堵《あんど》していると、ソファに腰を下ろした副社長がテーブルの上に置かれた資料にちらりと視線を落とした。

「これ、今日の資料？」

「はい。よろしければ準備致しましょうか」

「いや。城之園《じょうのその》さんからデータは貰ってるから大丈夫だ。社長、最近目が悪くなったみたいだから、こうやって紙にしてもらえると助かる。いつもありがとう」

そう笑顔で答えられ、即座に差し出がましい真似をした自分を後悔する。

城之園さんは入社十二年目のベテランの副社長秘書だ。

彼女は総務部から移ってきた私とは違い、新人の頃から秘書室に配属された生え抜きで、その優秀さと容姿の美しさから社内でも有名な人物だ。

私が社長秘書に抜擢された折に彼女も副社長秘書となったが、秘書室では一部の人たちから『どうして城之園さんが社長秘書にならないのか』との不満が噴出したと聞く。

城之園さんのキャリアを考えればごく当然のことだ。

私だって、みんなと同じことを思ったのだから。

秘書室長の話では人事はすべて社長の意向とのことだったが、何故私に白羽の矢が立ったのか、今でも分からないままだ。

最近では、『副社長とお似合いだから、わざと社長が城之園さんを副社長の秘書にした』という説がまことしやかに社内に広まっているらしい。

なるほど、言われてみればそうなのかもしれない。

副社長と城之園さんならすべてを兼ね備えた似た者同士で、みんなが言う通り非の打ちどころがない組み合わせだ。

週に何度かある社長と副社長の打ち合わせに秘書である私たちも同席する機会があるが、そんな場面で私もふたりの和気あいあいとしたやり取りを何度も目にしている。

目が合うだけで張りつめた空気を漂わせる私とは違い、副社長にとって城之園さんは心安らげる最高のパートナーなのだろう。

先日開かれた創立百周年のパーティでもそうだった。

高級ホテルで盛大に開かれた祝宴に女子社員はみんなドレスアップして参加したの

だが、彼は着慣れないドレス姿の私を見るなり、不機嫌な視線を向けたのだ。

ホテルの衣装室でレンタルしたペールブルーのドレスは城之園さんが着ていたハイブランドのドレスのように洗練されてはいなかったが、私なりに悩んで選んだ一着だった。

社長はとても褒めてくれたけれど、私の心は副社長から向けられた不機嫌な視線で、一瞬でぺしゃんこになってしまったのだ。

華やかな赤いドレスと上質なタキシード。

城之園さんと副社長が最高の装いで寄り添う姿が脳裏に浮かび、胸にチクリと針で刺したような痛みが走る。

「副社長、コーヒーでもお飲みになりますか」

「ありがとう。いただくよ」

「では、少しお待ちくださいませ」

副社長に儀礼的な笑みを返すと、私は社長室の奥に作られたミニキッチンへ向かう。

そしてそのすぐあと、突然のアクシデントが私たちを襲ったのだった。

「私に何かご用だったのでしょうか。コーヒーでしたら、すぐにお持ちしましたのに」

「君の髪にゴミが付いていたから、取ろうとしただけだ。誤解しないでくれ。別に変なことをしようとしたわけじゃない」

「変なことだなんて……。お気遣いありがとうございます。でも、もうすぐ会議も始まりますし、このままでは……。早く外さないと」

目だけを動かして壁に掛けられた時計を確認すると、会議が始まる時刻が迫っている。

それにもうすぐ、松岡社長だって出社してくるだろう。

いくら偶発的なトラブルとはいえ、このままではまずい。

とにかくこの状況を何とかしなくては。

私がぐるぐると思いを巡らせている間も、副社長は何とか絡まった髪を外そうと必死だ。

ガサガサと動かす指先や苛立ったように吐き出される吐息をすぐ近くに感じ、胸の鼓動が勝手に速くなる。

いけない、こんなに顔を赤くしたら副社長に変に思われてしまう。

慌てて軽く咳払いをし、私は平静を装う。

「……副社長、解けそうですか」

「いや、恐ろしいほどに絡み合っていて、簡単には無理だ。君の髪が細くて柔らかだから余計にやりづらい。下手なことをすると髪が切れてしまう」

「それじゃ、もう切ってください」

私は手を伸ばしてキッチンボードの引き出しからはさみを取りだし、見えない彼に向かってそっと差し出した。

こうなったら、もう悠長なことは言っていられない。

この心臓が爆発しそうな状況から逃れられるのなら、ほんの少し髪を犠牲にするくらいお安い御用だ。

けれど副社長は、私が差し出したはさみを無言で押し戻した。

「切れるわけがないだろう。そんなことをするくらいなら、俺のボタンを引きちぎる」

「だめです！　今日の定例会議には、今邑《いまむら》参与も来られる予定なんですから」

「今邑参与が？　今日に限って何でおでましなんだ」

副社長は苛立たしげに舌打ちをすると、大きなため息をつく。

今邑参与はすでに第一線からは退いているが、現社長の親族ということもあり、参与の肩書を持って未だこの松岡製薬で大きな影響力を誇っている。

年齢はすでに七十歳を越えているが、現役と言っても遜色《そんしょく》ないかくしゃくとした紳士で、礼儀作法に厳しいことで有名だ。

親戚であり後継ぎでもある副社長に対しては特に厳しく、彼の振る舞いや身だしなみに常に目を光らせていて、ことあるごとに厳しく指摘する。

もしも役員会議にボタンの取れたシャツなんかで参加しようものなら、また容赦ない叱責が飛ぶことは避けられないだろう。

「俺がお小言を言われて済むなら、それでいい」

「いえ、私の髪を切れば済む話ですから」

「だからそれは絶対にだめだと言っているだろう」

押し問答をしている間にも、時間は刻々と過ぎていく。

それに副社長と密着している緊張感にも堪《た》えきれず、私は持っていたはさみをやけくそのように髪に押しつけた。

「危ない！　やめるんだ！」

鋭い声が私を制し、強引に手からはさみが抜き取られる。

続いて大きな手が手首を拘束し、ウエストに逞しい腕が回った。

(えっ……?)

一瞬、何が起こったのか分からなかった。

背中から感じるのは、彼の熱い体温だ。

髪が払いのけられて露《あらわ》になったうなじには、悩ましげな熱い吐息がかかる。

頬に触れているは、彼の髪。

包み込まれている。副社長の胸の中に。

静かな空間に、ふたりきり。

思わず息が止まり、身体中が心臓になったようにドクドクと鼓動が鳴り響いている。

「髪を切ろうとするなんて、君は案外大胆なんだな。でも許さないよ。こんなに美しい髪を粗末に扱うなんて」

「え……」

「少し大人しくしていてくれ。俺が何とかするから」

まるで子供に言い聞かせるような台詞だけれど、彼の言葉はそれとは明らかに温度が違っている。

まるで恋人に囁《ささや》く密事のような甘い声が耳朶《じだ》に響き、自然に顔が赤くなった。

（どうしよう、こんなにドキドキしていたら副社長に変に思われる……）

彼はただ絡まった髪を解きたいだけだ。

なのにどうして私は、こんなに意識してしまうんだろう。

ざわざわと波立つ心を必死で抑えていると、ウエストにかかる手に力が込められ、肩に彼の顎が乗せられる感触を感じた。

（えっ……）

例えて言うならバッグハグの上頬を寄せ合うという、まるで仲睦まじい恋人同士のような状態に否応なしに鼓動が高まる。

「あ、あの、副社長……？」

「ちょっと落ち着いてくれ。君が動くと上手くいくものも上手くいかない。髪が解けるまで大人しくして。……いいね？」

彼が話すたびに吐息が首筋にかかり、耳元で甘い声が響く。

腕力ではなく内側から侵食される力でじわじわと捕われ、乱れた呼吸が身体の自由を奪った。

（だめ……もう立っていられない）

極度の緊張で頭がぼうっとしてしまい、ふらりと身体が揺れたと同時に彼の腕が強く私を抱き留めた。

結果的に背後から抱き締められているような格好になり、さらなる動揺が私を襲う。

「……大丈夫？」

「は、はい……。すみません」

上気した頬は熱を持ち、上手く呼吸ができない。

（落ち着かなきゃ。副社長はただ身体を支えてくれただけなんだから）

そう言い聞かせても、私だけの秘密の気持ちが胸の中で弾けそうに膨らんでいく。

普段は上手に隠せても、こんなにも近づいてしまったら抑えきれない。

きっと私は今、どうしようもなく頼りなく惚《ほう》けた顔をしているのだろう。

まるで本物の恋人に抱き締められている女の子みたいに。

副社長に背中を向けている状態で本当によかった。こんな顔を彼に見られては困る。

そう思ったところで、不意に社長室へ続くキッチンスペースの扉が「誰かいるのか？」という声と共に開いた。

ハッとして顔を上げると、そこには松岡社長が立っている。

社長は私たちの姿を目にすると一瞬目を大きく見開き、私と副社長を交互に見つめた。

突然の出来事に呆然《ぼうぜん》としながら、私の唇が頼りなく言葉を吐き出す。

「あ、あの、社長、これは……」

「すまない、邪魔をしたようだな」

すぐにいつもの冷静さを取り戻した社長は、さりげなく目を逸らして私たちに背を向ける。

何か言わなくてはと思ったけれど、あまりの衝撃に何も言葉が出てこない。

火照《ほて》った身体が一瞬で冷たくなり、さっきとは逆の状態で身体が動かない。

再び石のように固まった私の背後から、副社長がためらいながら言葉を吐き出した。

「父さん、違うんだ。これは……」

「気にするな。あと五分で会議を始める。少し大切な話をするから、お前たちもすぐに来てくれ」

動揺する私たちとは裏腹に、社長はどこか朗《ほが》らかな口調でそう告げると振り向きもせず部屋から出て行ってしまった。

思いもしない成り行きに、私たちはしばし放心する。

(どうしよう。社長、きっと誤解してる……)

オフィスで、しかも社長室で社長の息子である副社長と抱き合うなんて。

入社以来、真面目に仕事に取り組んできた私に、どうしてこんなことが起こってしまったのか。

あまりのことに軽くパニックに陥《おちい》る私の背後で、副社長は何のためらいもなくワイシャツのボタンを引きちぎった。

繊維が断ち切られる鈍い音と共に拘束が解け、私の身も自由になる。

振り向くと、真剣な表情をした副社長と目が合った。

「副社長、ワイシャツのボタンが……」

「大丈夫だ。それより……よかった。髪は無事だな」

副社長はそう呟くと長い指で私の髪をさらりと撫でる。

その甘い仕草にどきりと胸が打ったけれど、今はそれどころではなかった。

「はい。あの……申し訳ありませんでした」

「いや、俺の不注意が招いたことだから、こっちこそすまない」

危機的な状況からようやく解き放たれたものの、今度は別の問題が心に重く伸し掛かる。

さっきのあの対応を考えると、社長が私たちの関係を誤解したことはほぼ間違いないだろう。

「副社長……あの、さっきの社長は……」

「何も言うな。とにかく今は、会議室へ行こう」

彼はそう言うと、まっすぐにドアへ向かって歩いていく。

「副社長、もしもお持ちならワイシャツを着替えられた方が……それにネクタイを締めないと今邑参与がお気になさいます」

後ろから声を掛けても、彼の歩みは止まらない。

私は自分の足取りを心もとなく思いながら、彼の後を追った。


会議室に入ると、すでに私たち以外の出席者全員が席に着いていた。

副社長は役員たちの視線を一身に集めながら、上座にひとつ空いた席へまっすぐに向かう。

私も秘書室のメンバーが控える末席へ素早く身体を収めた。

正面の席に座る松岡社長は私たちがそれぞれ席に着いたのを確認すると、フッと小さく息を吐き、引き締まった表情で周囲を見渡した。

「すまないが、今日の議題に入る前に私に少し話をさせて欲しい」

「どうしたんだ。何かあったのか」

社長のただならぬ様子に、すぐ近くに座った今邑参与が訝《いぶか》しげな視線を向ける。

彼に微笑みを返し、社長は言葉を続けた。

「急な話なんですが、私は今月いっぱいで社長の座を降り、佑哉にすべてを譲ろうと思います」

社長の言葉に、会議室にざわめきが起こる。

ハッとして副社長に視線を向けると、彼も驚愕の表情で社長を見つめている。

あの様子では、きっと彼も今初めて知ったことなのだろう。

隣に座っている秘書室長すら聞かされていなかったらしく、私たち秘書室のメンバーにも動揺が走る。

「いったいどういうことかね。理由を説明してくれないか」

周囲の混乱を収めるべく、揺るぎない威厳を保ったまま今邑参与が口を開いた。

穏やかに微笑みながら、社長が小さく頷《うなず》く。

「叔父さん、実は先日受けた検診で少々厄介な病気が見つかりましてね。昨日再検査の結果が出たんだが、悪性リンパ腫でした。ステージはⅣ。いわゆる末期と呼ばれる状態です。余命はこのままだとあと一年ほどだと」

社長の言葉に、会議室がしんと静まり返った。

社長が病気？

余命一年？

言葉の意味を理解するにつれ、みぞおちの辺りに鈍い痛みが沸き起こる。

ここ一堂に会した取締役たちは、それぞれこの三十年を社長と共に歩んだ、いわば腹心の部下ばかりだ。

突然知らされた社長の病に、みんなの心が悲しみで覆われていくのを感じる。

中でも、打ちひしがれるように放心している副社長の顔を見るのが辛かった。

「何か私たちにできることはないのか」

今邑参与が立ち上がり、苦しげな眼差しを社長に向ける。

社長は穏やかに笑って席を立ち、年老いた叔父の肩を抱いた。

「佑哉のことを支えてやってください。我が息子ながら佑哉はこの五年、非常に精力的にわが社に尽くしてくれました。それに彼には海外で培った金融の素地もある。今はまだ粗削りでも、きっと松岡製薬にとって有益な経営者になれるはずです。でもまだまだ発展途上だ。私が時間をかけて育て上げようと思っていましたが、どうやらその時間は残されていないらしい。叔父さん、それにみなさんもどうか息子が一人前の経営者になれるまで支えてやってください」

社長はゆっくりとその場にいる一人一人に目を向け、そして最後には深く頭を下げた。

今邑参与が、秘書室のメンバーが、その場にいる大勢の人たちの心が泣いている。

そして私も、頬に流れる涙を止めることができなかった。


それから小一時間ほどの会議を終え、私たちは社長室へと戻ってきた。

ソファに座った社長と副社長に緑茶を出すと、社長はいつもの優しい笑顔で「ありがとう」と返してくれる。

その穏やかな顔を見ているだけで、また泣いてしまいそうだった。

「参ったな。佑哉、羽田――彩花さんを泣き止ませてくれ。彼女に泣かれるのが一番辛い」

「父さん、病状は――」

「後で話すよ。それより先にお前たちの話を聞きたい。いったいいつからなんだ？

あぁ、ちっとも気づかなかった。完全に騙《だま》されたな」

社長はどこか楽しげにそう言うと、目を細めて私と副社長を交互に見比べる。

さっき社長に見られてしまった場面を思い出し、涙の代わりに今度は頬が赤く火照った。

「社長、違うんです。あの――」

「彩花さん、さっきは失礼したね。でも佑哉のことを許してやってくれ。女性にしてみれば困るだろうが、真剣になればなるほど我慢が利《き》かなくなるものでね」

社長はそう言うと、「やっぱり、人生は苦しみばかりじゃないんだな」と小さく呟く。

そんな父親の様子に、副社長は慌てたように口を開いた。

「父さん、あれは――」

「私のオフィスでってことを気にしているのか？　そんなことはいい。私はすごく嬉しいんだから。それより、彩花さんのお母さんに挨拶《あいさつ》はしたんだろうな？　あちらは母一人子一人なんだ。たったひとりの大事なお嬢さんを貰うんだから、そういうことはちゃんとしないとだめだぞ」

「え……」

副社長はぽかんと口を開けたまま、満面の笑みを浮かべる社長を見つめている。

放心する息子に気づき、社長は軽く眉根を寄せた。

「何をボケッとしてるんだ。……結婚するんだろう？　私のオフィスですら我慢できないくらいぞっこんなんだから、いいかげん覚悟を決めろ。式は早い方がいい。私がふたりの幸せな姿を、自分の足で立って楽しめる間にしてくれよ」

社長の言葉に、副社長が悲しげにまつ毛を伏せる。

「父さん、身体は……病状はどうなんだ」

痛々しい副社長の表情に、社長は視線を足元に落とした。

「昨日病院で検査の結果を聞いた時、真っ先にお前の顔が浮かんだよ。五年前に母さん、そして今度は私だ。神さまはどうして佑哉にこんな試練を与えるのかと少し恨みもしたが、彩花さんがお前のそばにいてくれるならもう何の心配もない。逆に、最後にこんなに嬉しいプレゼントを与えてくれた神さまに感謝しなくてはいけないな」

社長はそう言うと副社長の手を取り、もう片方の手を副社長の隣に座った私の方へ差し出した。

促されるまま彼の温かな手に触れると、ギュッと力強く私の手を握った後、副社長の膝の上でふたりの手を重ねる。

「これからはふたりで力を合わせてやっていくんだ。私と母さん、彩花さんのご両親だってそうだったはずだよ。愛する人がそばにいれば、恐れることは何もない。たとえどんなに苦しいことが起こったとしてもね」

「父さん……」

社長の優しい眼差しが、私と副社長を映す。

私たちのことを心から思いやり、信じている社長の澄んだ眼差しに、私は思わず目を伏せた。

社長は私と副社長が恋仲だと誤解している。そしてそのことをとても喜んでくれている。

でも本当は、私たちは特別な関係でも何でもない。

彼はワイシャツのボタンに絡まった私の髪を解こうとしただけ。ただそれだけのことなのだ。

（早く本当のことを社長に伝えなきゃ……）

社長を騙しているような気がして、私は堪《たま》らなくなって副社長に視線を向けた。

すると彼の方もこちらを見つめているのに気づく。

その表情に戸惑いは感じられず、ただ何かを決心したような深い眼差しが私を捉《とら》えた。

彼の瞳の意味を計りかね、私はただ彼を見つめることしかできない。

(副社長、いったい何を考えているの?)

早く誤解を解かなければ、社長をもっとがっかりさせることになる。

今なら、少し気まずい笑い話で済むはずだ。

そう瞳で問いかけても、彼は何も答えてはくれない。いや、そればかりか、彼の中で生まれた計り知れない感情をゆっくりと確信に変えるような威圧感を全身に漲《みなぎ》らせている。

自分だけが取り残されるような不安に耐えかねて思わず口を開こうとした時、それまで触れるだけだった彼の手が私の手をギュッと握った。続いて、強い力で彼の方へ引き寄せられる。

(えっ……)

反動で身体が彼の方へ傾き、もたれかかるような格好になる。その隙に、彼のもう片方の手が私の肩に回った。

「きゃ……」

びっくりして思わず身体を離そうとしたものの、強い力で押さえ込まれて身動きが取れない。

どうしたのかと視線を向けても、彼はこちらを気にする素振りもない。

(ここで肩なんて抱かれたら、ますます社長に誤解されちゃう)

社長の体調を考えれば、こんなぬか喜びは絶対によくないはずだ。

早く本当のことを言わなければ。そう思って副社長の上着を引っ張って合図してみたが、彼はいっこうに取り合わない。

それどころか形のいい唇をきゅっと引き上げて目を煌めかせ、こんな状況だというのに目が眩《くら》むような笑顔を浮かべている。

(副社長……いったいどうするつもりなの?)

場違いな彼の態度に業《ごう》を煮やし、社長に向かって真実を告げようとしたところで、肩に回された副社長の手に力がこもった。

「父さん。俺たち結婚するよ。できるだけ早い時期に」

(えっ……今、何て言ったの?)

思わず耳を疑ったが、聞き間違いではなかった。

意表をついた副社長の言葉に、密着する私たちを微笑ましく見つめていた社長の表情がさらに輝く。

さっきまで社長を取り巻いていたそこはかとない悲しみが完全に消え去り、そこにはただ眩《まばゆ》いばかりの喜びだけがある。

心の底から嬉しそうな彼の様子に何も言えず、呆然と事の成り行きを見守ることしかできない。

社長はそんな私を『胸がいっぱいで言葉も見つからない』と判断したのか、慈愛に満ちた眼差しで『大丈夫だよ』と言わんばかりに、こちらに向かって頷く。

「そうか。お前たちの心はもう決まっていたんだな。おめでとう。あぁ、楽しみだな。彩花さん、君が家族になってくれるのが私は本当に嬉しいんだ」

社長に満面の笑みを向けられ、私は言葉にならない曖昧《あいまい》な笑みを返す。

一方、副社長は嬉々とした表情で父親に視線を向けた。

「もっと早くきちんと話すべきだった。父さん、驚かせてすまない」

「いや、こんなに嬉しいサプライズなら大歓迎だよ。でもまさかこんなに話が進んでたなんて、お前たちにはすっかり騙されてしまったな」

「いざとなると言い出せなくて……。それに彩花は父さんの秘書でもあるし」

（彩花……？　副社長、今彩花って言った？）

副社長のいきなりな呼び捨てに戸惑うも、頭が働かず上手く反応できない。

社長はそんな私を『恥ずかしがっている』と認識したのか、にこにこしながら立ち上がって、「今日はこの後今邑参与と外出するから、すべての予定をキャンセルしておいてくれ」と言って外出の準備を始めた。

急《せ》かされるように立ち上がり、私はどこか上の空で社長の支度を手伝う。

副社長は満ち足りた笑みを浮かべながら私に視線を向けると、彼の父親に向かって声を掛けた。

「それじゃ、俺も仕事に戻るよ」

「ああ。詳しい話はまた明日にでも。彩花さん、本当にありがとう。今日は久しぶりによく眠れそうだよ」

和《なご》やかに連れ立って社長と副社長が部屋を出て行くと、社長室には静寂と私ひとりが取り残される。

私は、動揺する心を宥《なだ》めながらのろのろと仕事に手をつけるのだった。


各方面への調整を終え、定時を一時間ほど過ぎた頃にようやくオフィスを出ることができた。

警備の人に軽く会釈して自動ドアをすり抜け、街路樹に彩られた歩道を足早に歩く。

するとしばらく歩いたところで、艶《つや》やかに車体を光らせた紺色の高級車が停まっているのが目に入った。

五メートルほどの距離まで近づいたところで、運転席から背の高い男性が降りてくる。

「お疲れさま。待ってたんだ」

「……お疲れさまです」

「相談したいことがあるから、とにかく乗ってくれ」

副社長に助手席のドアを開けられ、仕方なく身体を滑り込ませる。

しかし車が走り出しても、彼は何もしゃべらない。

(副社長、いったい何を考えているの？)

オフィスでは極力考えないようにしていたが、副社長がついた嘘はきっとすぐにばれてしまうだろう。

そもそもあんな嘘をつくこと自体間違っているのだ。

手放しで喜んでくれた社長に本当のことを言うのは心苦しいけれど、とにかく早く真実を伝えた方がいい。

ちょっとしたアクシデントで副社長の首元のボタンに私の髪が絡みつき、身動きが取れなくなっていただけのことなのだと正直に話せば、社長ならきっと笑って許してくれるはずだ。

(でも社長、がっかりするだろうな)

最初から結婚の話などないのだから仕方がないことだが、今日見た社長の輝く笑顔を思い出し、胸がきりきりと痛む。

でも、嘘は嫌だ。

大切な人に対しては、特にそう。

社長は私にとって上司である以前に、人として心から信頼し尊敬している存在だ。

父親を早くに亡くした私にとっては、少しおこがましいが父親のように何でも相談できる相手でもある。

彼には嘘をつきたくない。そう心から思う。

(副社長はこれからどうするつもりなんだろう)

私がひとりでこんなに頭を悩ませていても、肝心の副社長は相変わらず黙ったままだ。

高級車の運転席に座る彼はスッと背筋を伸ばし、長く美しい指でハンドルを握って、私を気にするそぶりもなく前方に視線を向けている。

思わず見惚れてしまいそうな端整な横顔からは何も感じ取れない。

どこか他人事のように構える彼に、本当ならときめいてしまいそうなシチュエーションにも冷たい空気が流れる。

意地になってしばらく黙っていたが、十分ほど経ったところで我慢できずに口を開いた。

「副社長、どこへ行くんですか」

「とにかく君とふたりで話がしたい。俺の部屋で食事しよう」

副社長はそう言うと、赤信号で車を停めたタイミングで初めてこちらに視線を向けた。

狭い空間で彼を近くに感じ、不意に胸の鼓動が速くなる。

「食事はフレンチでもイタリアンでも、好きなものをケータリングで頼むよ。何がい い？」

「でも……それなら、どこか外でお食事しませんか」

「父の病気のことはまだトップシークレットだ。社長交代のスケジュールもまだ決まっていないし、こんなことが外部に漏れたら、今進んでいる新薬の承認にも支障が出かねない。簡単に外で話せる話じゃないんだ」

きっぱりとした口調でそう言われ、思わず口をつぐむ。

(どうしよう……。副社長の言うことは分かるけど、いきなり部屋だなんて)

男の人の部屋に行くなんて、生まれて初めてのことだ。それに……相手は副社長。様々な感情が心を埋め尽くし、私の心は千々《ちぢ》に乱れる。

すると私の戸惑いに気づいたのか、副社長がフッと表情を緩めた。

「心配は無用だ。大丈夫、何もしないよ。さすがに俺も今日はそんな気分じゃない」

自嘲的な低い声が車内に響き、私はハッとする。

(そうだ。副社長は今日初めて、社長の病気を知ったんだ)

彼のお母さんである社長の奥さまも、五年ほど前に病気で亡くなっている。

彼にとって社長は文字通り唯一の肉親だ。

たったひとりの大切な家族をまた病で失うかもしれない彼の心を思い、胸がぎゅっと痛くなる。

(副社長は平気な顔をしているけど、本当はすごく辛いはずだ)

大好きな家族を失ってしまうかもしれないという恐怖は、筆舌に尽くしがたいものだ。

私にだって、そのことは痛いほど分かっている。

重苦しい沈黙に息を詰めていると、信号が青に変わった。

副社長は車を静かに発進させる。

ハンドルを握る横顔は知性と冷静さを兼ね備えた、オフィスで目にする彼そのままだ。

副社長はきっと、息子としてより企業の後継ぎという自分の立場を優先させているのだろう。

どんな時でも取り乱すことが許されない彼の立場や責任に気づき、考えが足りなかった自分を情けなく思う。

「分かりました。こんな状況ですし、遠慮なくお邪魔しますね」

「ああ。その方が今後のことについて気兼ねなく相談できるからな」

「はい」

私が頷くと、副社長は幅の広い場所を選んで路肩に車を停めた。

そして手早くスマートフォンを操作すると、身体を寄せて液晶画面を私の方へ向ける。

深みのある黒い瞳や長いまつ毛がすぐそばに近寄り、また心臓が騒がしく鼓動を刻むのを抑えられない。

「フレンチと中華、それにイタリアンならこの店がデリバリーをしてくれる。君が気に入ったものを注文するよ」

見ると、副社長が提示した店はあまりそういったことに詳しくない私でも知っている高級店ばかりだ。

それに表示されている価格もびっくりするほど高い。

「あの……副社長はどうなさいますか」

「俺は、食事はいい」

「そんな……。少しでも何か召し上がった方がいいのではないですか」

私の問いかけに、副社長は肩をすくめて少し笑った。

「今日はずっと空腹を感じないんだ。……さすがに、色々キャパオーバーだからな」

「副社長……」

おどけたように言う彼にまた胸が詰まる。それに、私だって高価な料理を食べる気分ではない。

「副社長、どこかスーパーへ寄っていただけませんか？」

「えっ……」

「簡単なもので済ませましょう。もしよろしかったら台所を貸してください」

そう言って笑いかけると、副社長はようやく今日初めての笑顔を見せてくれた。

スーパーで買い物を済ませると、副社長の車は都内の高級タワーマンションの地下駐車場へと滑り込んだ。

おそらくいつもの場所に停車し、私たちは車から降りる。

買い物袋は副社長が持ってくれた。さりげなく私をエスコートして駐車場を横切る身のこなしに、こんな時だというのに胸がときめく。

「こっちだ」

複数ある扉の左端に乗り込んでカードキーを操作すると、エレベーターは静かに高層階へと上昇を始める。

硝子戸になった壁面からは遥かに街並みが見渡せ、あっという間に美しい夜景を見下ろすほどの高さになった。

(すごい、ここ、きっと一番上の階だ)

エレベーターから降り立つと、左右に長い通路が続いているのが目に入る。

私は副社長に続いてその片側の通路を進んだ。

門柱をくぐり、広いエントランスから続く玄関扉から中に入る。

すると大理石で覆われた玄関ホールが目の前に現れた。

広く明るい玄関は、それだけで私の部屋くらいの広さだ。

(こんなに広い玄関、見たことない……)

あまりの高級感に圧倒されてしばし立ちすくむ私に、副社長が声を掛ける。

「入ってくれ」

「お、お邪魔します」

「そんなに緊張するな。男のひとり暮らしだから、散らかってるぞ」

一歩足を踏み入れると、広く南側に硝子戸を配置した広いリビングからは、きらきらと輝く都心の夜景を一望することができる。

その煌びやかな美しさに、思わず見惚れてしまう。

「食材、ここでいいか?」

副社長に声を掛けられ、我に返って慌ててキッチンへと向かった。

大人が何人も同時に立てるほど広いキッチンも、さすがに最高級のグレードだ。

大理石の作業カウンターの横には三ツ口のガスレンジ。食洗機の横にはガスオーブン。

けれどそこに料理をした形跡は感じられない。

さっきスーパーで調味料さえないと言われたことはどうやら本当らしい。

(とにかく、食事の支度をしよう)

買い物袋から買った材料を出していると、スーツの上着を脱いだ副社長が手持無沙汰にやってきた。

「何か手伝おうか?」

「副社長、お料理をされることはあるんですか?」

私の問いかけに、彼はバツが悪そうに頭を掻く。

「いや、実は料理はまったくやらないんだ。普段は外食ばかりでね。でも君だけに働かせるわけにはいかない。何か俺にできることはない?」

彼の率直な言葉に、思わず笑みが漏れた。

副社長のこういった誠実さは、オフィスでの仕事ぶりにも垣間見ることができる。

あからさまではないけれど、とても温かい配慮に満ちているのだ。

社長秘書になってからは彼と接する機会も多いが、彼のさりげない気遣いに助けられたことは一度や二度ではない。

「それならお皿を出していただけますか?」

「分かった」

「あとは簡単なものばかりなので、私に任せてください」

それから急いで食事の支度をし、小一時間ほどで食卓に料理が並んだ。

料理はわりと得意な方だ。

小学生の頃に父が交通事故で亡くなり、母が働きに出るようになってからは、ごく自然に料理をするようになった。

今日作ったのは鶏肉の治部煮《じぶに》風、青菜のお浸し、ぶりの照り焼き、大根のごま炊きなど。

普段わが家の食卓に並ぶお惣菜ばかりだが、ここへきて不意に不安が込み上げる。

こんな庶民的なもの、副社長は食べてくれるだろうか。

ドキドキしながらセッティングすると、副社長はテーブルに並んだ料理を見ながら驚いたように眉を上げた。

「たったあれだけの時間でこんなにたくさん作れるなんて、本当に驚いたな」

「母とふたり暮らしなので食事は小学生の頃から作っていたんです。でも簡単なものばかりで、副社長のお口に合うかどうか」

「いや、どれも美味しそうだ。本当はあまり食欲がなかったんだが、君の料理を見たら腹が減ってきた。いただいてもいいかな」

副社長に笑いかけられ、不安だった心が少しだけ楽になる。

「はい。もちろん」

「それじゃ、いただきます」

副社長は行儀よく両手を合わせてから美しい所作で箸を持ち、次々に料理を口に運ぶ。

私も食事を始めるものの、彼の反応が気になって仕方がない。

何か感想を言ってくれるかと待っていたが、副社長は無言で箸を進めていく。

(どうしよう。もしかして、口に合わなかった……?)

心細い気分で胸がいっぱいになったところで、彼が突然「ああ、堪《たま》らないな」と呟いた。

「えっ……」

「いや、こんなに美味しい食事をしたのは久しぶりだと思って」

副社長は箸を置いてしみじみと私を見つめると、姿勢を正して「ありがとう」と頭を下げた。

「そんな、ただのお惣菜ですから」

「いや……何だか生き返る気がする」

「えっ、いえ、あの、私の方こそこんな平凡なものをお出しして……」

思いもよらない彼の反応に、私の方が慌ててしまう。

見苦しいほどにしどろもどろになって赤面していると、副社長は少しはにかんだように言った。

「みっともない話だけど、今日一日、どう過ごしていたかよく覚えていないんだ。混乱して、現実を認めたくなくて……。でも君の料理を口にしたら気持ちが落ち着いた。何だか懐かしくて」

副社長はそう言うと箸を取り、大根のごま炊きに手を伸ばす。

「これもうまいな」

「ありがとうございます。母が作るものを真似て、私がアレンジしたんです」

「そうか。お母さんと仲がいいんだな」

副社長はそう言って美味しそうに大根を口に運び、咀嚼《そしゃく》する。

自分の作ったものを彼が食べている。

その事実が、私をどこか落ち着かなくさせる。

ぎこちない手つきでお浸しを口に運んでいると、副社長が改まったように視線を向けた。

「お父さんの話を聞いてもいい?」

「はい。父は私が小学三年生の頃、交通事故で亡くなりました。雨の日に横断歩道を渡っていて、信号を無視した車にはねられて……即死だったと聞いています」

「そうか。すまない。辛いことを聞いたな」

痛々しい表情を浮かべた副社長に首を振り、私は笑顔を浮かべる。

「当時は大変でしたが、今はもう平気です。それに松岡製薬に就職させていただけて、母との暮らしもずいぶん楽になりましたし」

「お母さんは今どうされているの?」

「父が亡くなってからずっと介護の仕事をしていたんですけど、私が大学生の時に体調を崩してしまって。一時はどうなることかと思いましたが、今は落ち着いてまた仕事を再開しています。正社員ではないので、週に三日ほどの短い時間ですけど」

私の言葉に、副社長の眼差しが細められた。

とても優しい、何もかもを包み込んでしまいそうな不思議な眼差し。

オフィスでは見せない彼の柔らかな表情に何故だか胸が締めつけられる。

「食事を続けよう。せっかくの料理が冷めないうちに」

しんみりした空気を払うように副社長が微笑みながら箸を取る。

普段は人を寄せつけない空気を漂わせているけれど、彼は本当はとても優しい人だ。

そんなことは、もうずっと以前から分かっている。

（でも、社長についた嘘については、ちゃんと話をしなくちゃ……）

心の内に膨らむ不安な気持ちを隠して、私は笑顔でまた箸を進めた。


食事を終えふたりで食器を片づけてしまうと、副社長がコーヒーを淹れてくれた。

立派な革張りのソファにふたり並んで腰かけ、マグカップから漂う香ばしい香りを楽しむ。

ソファのちょうど正面にある硝子戸の向こうには、都心の夜景が遥かに彼方まで広がっている。

まるで色とりどりの宝石をちりばめたような美しい景色に、言葉もなくただ見入ってしまう。

しばらくぼうっと眺めていると、やがてマグカップを硝子テーブルに置いた副社長が、こちらに身体を向けた。

「美味しい食事をありがとう。それに……今日は本当にすまなかった」

副社長はそう言ってまた私に頭を下げる。

いつまでも頭を垂れる彼に、私は慌てて首を振った。

「いいえ。今日は本当に大変な一日でしたから……副社長もお疲れになったんじゃないですか」

「君の料理のお蔭でずいぶん楽になった。本当に癒されたよ」

何の変哲もない料理なのに、こんなに褒められると何だか気恥ずかしい。

(こんなことになるんなら、もっと洒落た料理を勉強しておくんだった)

密かに胸の内で後悔する私に気づくことなく、彼は続ける。

「こんな形で巻き込むべきじゃなかった。君にはすまないことをしたと心から思っている。でもあんなに喜んでいる父の顔を見たら、どうしても本当のことを言い出せなかったんだ」

そう言って副社長は深く頭を下げた。

「頭を上げてください。副社長のお気持ちも分かりますから」

「いや、本当に思慮に欠けていたと、自分を情けなく思うよ」

力なく肩を落とす副社長を、私はやるせない気持ちで見つめる。

今朝の彼の言動に異論はあるけれど、よくよく考えれば余命一年と宣告された父親にあんな笑顔を見せられたら、誰だって何も言えなかっただろう。

私だって、社長を勇気づけたいと心から思う。

でも嘘は嘘なのだ。

現実に私たちは付き合っていないし、結婚の約束もしていない。

社長を本当に大切に思うのならまやかしの希望など与えてはいけない。真実を話すべきだ。

苦しげな表情を浮かべる副社長に心を痛めながらも、私は思いきって話の核心に触れる。

「でも副社長……やっぱり社長には、本当のことをお伝えした方がいいと思います。どうやって伝えればいいのかは、私にも分からないですけど……」

余命を宣告された社長の心身の状態は、私たちが想像する以上に厳しいものだろう。

そんな今ショックを与えては、致命的なダメージになりかねない。

真実を伝えるにしても細心の注意を払い、慎重な対応をせねばならないだろう。

（いったいどうやって、社長に話せばいいの……？）

途方もなく難しい問題に、いくら考えても答えが見つからない。

言葉もなく唇を噛み締めていると、しばらくの沈黙の後、副社長がためらいがちに口を開いた。

「そのことなんだが……君にひとつ提案があるんだ」

「何ですか？」

「……」

私が瞳で問いかけても、彼は険しい表情を浮かべてこちらをじっと見つめるだけだ。

結果的にしばらく見つめ合ったまま、幾ばくかの時間が過ぎた。

「……副社長？」

（どうしたんだろう。いつもの副社長らしくない）

副社長はいつでも理知的で論理的、利益を追求するために時に手段を選ばず、即座に最適な決断をする切れ者として知られている。

けれど今目の前にいる彼は私の知る彼ではない。どこか曖昧で、危うい不安定さを漂わせている。

言いようのない違和感を感じて彼を見つめると、不意に副社長の黒い瞳に鋭い光が宿った。

その圧倒的な強さに怯んだ瞬間、信じられない言葉が彼の口から告げられる。

「俺と結婚してくれないか」

「えっ……」

(副社長、今、何て言ったの？)

突然耳に飛び込んできた言葉を、上手く理解できない。

何の反応もできず押し黙っていると、副社長は私の肩に両手を置き、今度はゆっくりと明瞭な口調で言った。

「俺と結婚して欲しい」

「結婚……？」

(結婚って……どういうこと？)

何かの冗談？　それとも副社長は苦悩のあまり、精神的に不安定になってしまったのだろうか。

とっさにそんな考えが過《よ》ぎったものの、彼はいつもの冷静な表情のままだ。

(副社長、まさか本気で言ってるの？)

動揺から速くなる鼓動を抑え、何とか頭をフル回転させて言葉を絞り出す。

「そ、それは……社長を騙すために、見せかけの結婚をするってことですか」

推し量るように問いかけると、副社長が真剣な顔で頷く。

彼の真意を理解し、私の胸がざわざわと波立っていく。

「そ、そんなの無理です！　嘘の結婚なんて！」

「無理じゃない。実はあれから父の主治医に会って話を聞いたんだが、父は治療を拒否しているらしい。だから君と結婚して父を安心させ、生きる希望を与えたい。もちろん報酬は君が望むだけ用意する」

副社長はそう言うと、縋るように私を見つめる。

（社長が治療を拒否しているなんて……いったいどうしてなの？）

私の疑念に気づき、副社長が切なげに口を開いた。

「五年前に亡くなった母の病は気づいた時にはもう手遅れだった。父はおそらくそのことを悔やんでいるんだろう。だから病状を告げられた時、父はむしろようやく母のそばに行けると喜んでいたそうだ」

「そんな……」

「今朝の一件で唯一の心残りだった俺のことも心配がなくなった。でもあれから気づいたんだ。ひとり息子と可愛がっていた秘書の幸福な結婚生活を見ていれば、父も考えを変えてもう少し生きたいと思うかもしれない。勝手な話だけど、俺はその一縷《いちる》の望みに掛けたいんだ」

副社長はそう言うと、懇願するような視線を私に向ける。

（副社長、本気で言ってるんだ……）

確かに大切なひとり息子が幸せになれば、親としてもう少しその様子を見ていたいと思うかもしれない。

でも、いくら何でも嘘の結婚なんて無理だ。

それにもし結婚となれば、社長だけでなく私の母まで騙すことになる。

ずっと手を取り合って生きてきた大切な母に嘘をつくなんて、私にはできない。

「あの……。お気持ちは分かりますが、やっぱり私には無理です」

そう答えると、副社長の顔に落胆の色が浮かんだ。

そして私の肩から手を外すと、力なくソファに背を預ける。

手で顔を覆ってため息をつき、大きな身体をソファに投げ出したまま微動《びどう》だにしない。

あまりの落胆ぶりに、私の気持ちも彼と一緒に沈んでいく。

「副社長、あの……」

「今の言葉はなかったことにしてくれ。馬鹿なことを言った。自分でもうんざりするよ」

副社長はそのままの体勢で吐き出すように言葉を放つ。

見たことのない頼りなげな姿に胸が急に苦しくなった。

「副社長、私……」

「いいんだ。君は悪くない。非常識なことを言っているのは俺だ。君が断るのは、ごく当たり前のことだ」

「副社長……」

苦しげな彼を見ているうち、胸の痛みと共に苦い記憶が蘇る。

私がまだ大学生になったばかりの頃、勤務先で母が突然倒れ、検査の結果癌が見つかった。

父が亡くなってから私のために身を粉にして働いてきた母には、きっと想像以上の負担がかかっていたのだろう。

幸い早期だったので完治することができたが、母を失うかもしれないと感じたあの時の恐怖は、今思い出しても身の毛がよだつほどだ。

混乱し、錯乱し——身体中訳の分からない怒りでいっぱいになった。

理不尽な事故で父を奪われ、今度は母まで取り上げるのかと、神さまを恨んだりしたのだ。

五年前にお母さんを失い、またたった一人の肉親を奪われようとしている副社長の心を思うと、当時の感情がまざまざと蘇ってくる。

それに、社長は私にとっても大切な人だ。

三年前、突然社長秘書に抜擢されて右も左も分からなかった私を、優しく、時に厳しく導き育ててくれた。

秘書としてまったく何のキャリアもなかった私が、今こうして松岡製薬の社長秘書として業務をこなせるのも、松岡社長の懐の深い指導があったからこそだ。

社長には取引先との対応やマナーなど、社会人として必要なことすべてを教えてもらった。

いや……それだけではない。

社長は人として大切なものが何なのかを、私に教えてくれた。

誰にも話したことはないが、密かに「お父さんがいたらこんな感じなのかな」と彼に亡き父の面影を重ねた日もある。

もしも私が副社長の立場だったら、どうしただろう？

余命の宣告を受けた母が私と誰かの関係を誤解したら？

とても喜んで、最後に幸せな花嫁姿を見たいと望んだら？

私だって、きっと副社長と同じように母の願いを叶えたいと思ったはずだ。

ましてや治療を拒んでいるとなれば、どんな手を使ってもその心を変えさせたいと願うだろう。

それに……。

私はすぐそばでソファに背を預ける、頼りなげな大きな身体をそっと盗み見る。

（私が協力することで副社長の苦しみが少しでも楽になるなら、力になりたい）

たとえそれが、人に後ろ指をさされるような偽りの行為だったとしても。

心の底から沸き上がる様々な想いに背を押され、私は無意識に副社長の腕に触れていた。

何かを感じ取った彼の眼差しが、私のそれと近い距離でぶつかる。

「分かりました」

私の言葉に、副社長が微かに身じろぐ。

大きく息を吸い、彼の目をまっすぐに見つめた。

「私、副社長と結婚します」

言葉なく、静かに視線が行き交う。

困惑に揺れた副社長の瞳が、何かを探るようにこちらに注《そそ》がれた。

「……いいのか。本当に」

彼の問いかけに、私は黙って頷く。

その時、彼の瞳に得体の知れない熱が宿ったことなど、浅慮な私は気づきもしないのだった。

遠い日の記憶は、非常階段で

家まで送るという副社長の申し出を断り、マンションを後にした。

足早に駅へ向かい、家路を急ぐ。

時刻はすでに午後十時過ぎ。駅に入ると、タイミングよく電車がホームに滑り込んでくる。到着した電車に乗り込み、空いた車両の中ほどで吊り革に掴《つか》まった。

一人きりになり、心地よい振動にようやく緊張の糸が解ける。

どっと疲れが広がり、途端に身体が重くなった。

(すごく長い一日だった……)

私の口から、無意識にため息が零れる。

本当に、色々なことが起こった一日だった。

就職してもう何年も経つが、こんなに激しい一日を過ごしたのは初めてのことだ。

ふと目にした電車の硝子窓には、疲れ切った自分の姿が映っている。

(結局、この髪型が徒《あだ》になったんだよね……)

今日の私はシンプルなベージュのタイトスーツを身に着け、背中の真ん中ぐらいまである色素の薄い髪を結ばずに下ろしている。

仕事柄髪は低い位置でひとつに束ねることが多いけれど、今日は週末買ったバレッタを試してみたくて珍しくサイドだけを纏めたハーフアップだ。

きちんと髪を束ねていれば、副社長のボタンに絡まることもなかった。

今日私を襲った出来事は、単純にいつもと違う髪型をしていたことが原因なのだ。

誰かが普段と違うことはやらない方がいいと言っていたが、今、骨身に沁みてその通りだと思う。

（人生って、ほんとに小さなきっかけで、思いもよらない方向へ傾いていくものなんだな……）

でも、本当に大変なのはきっとこれからだろう。

嘘の結婚、いわゆる偽装結婚をすることになった私と副社長は、あれからいくつかの取り決めをした。

まずなるべく早く、できれば来月中には結婚式を挙げること。

ドクターの話では、社長の病状は思った以上に悪いらしい。

社長は余命一年と言っていたが、もっと短くてもおかしくない、予断を許さない状態だということだ。

病名は急性悪性リンパ腫。

本来ならただちに抗癌剤治療をしなくてはならない段階だが、社長は治療を拒否している。

副社長は社長とまだきちんと話ができていないそうだが、社長の意志は固いようだ。

だからまずは私たちが結婚して社長を安心させ、彼に未来への希望を持たせたい。

一刻も早く治療を受けるよう説得するためにも、早く結婚式を挙げたいというのが副社長の考えだ。

来月だなんて急過ぎる、もう少し時間が欲しいと抗議したものの、状況を考えれば確かにあまりゆっくりはしていられない。

結局はしぶしぶ承諾し、今週末には両家の顔合わせも兼ねた食事会を開くことになった。

結婚後は今日訪れた副社長の部屋に一緒に住むことになるが、偽物の夫婦なので当然寝室は別々だ。

それに基本的には、それぞれの個人的なことに干渉しない。

副社長が住んでいるのは都内にあるタワーマンションの最上階で、二百平米を超える広さの7LDKだ。

使っていない部屋がいくつもあるから、どこでも好きに使っていい、何なら二部屋でも三部屋でも使えと言われたが、さすがにそれはいらないと断った。

実際に部屋を見せてもらったが、南向きのこぢんまりした部屋に落ち着きそうだ。

掃除や洗濯、買い物はそれぞれ専用のお手伝いさんが数人いるので基本はしなくていいが、やりたければやってもいい。

その辺りについては、生活が始まってから追々決めていくことで意見が一致した。

他にも色々決めなくてはならないことがあったが、一緒に生活するうえで副社長が主張した何よりも重要な取り決めは、お互いに決して無理強いはしないということだ。

それぞれが嫌だと思うことはしない。

生活に関することはもちろんだが、その他、ごくプライベートな事柄に至るまで強要は絶対にしない。

互いを尊重し、尊敬し合って暮らそうと、彼は何度も私に言ってくれた。

君を決して傷つけたりしない。だから安心して協力して欲しいと、懇願するように言われたのだ。

幸せな結婚をしている私たちを社長に見せるのが目的なのだから、たとえ偽装結婚とはいえ仲のいいそぶりは見せなくてはならない。

でもだからといって、本当の夫婦がするようなことはしない。

すべて当たり前のことだが、副社長が改めてはっきり言ってくれたことで少し安心できた。

(だって男の人と一緒に暮らすなんて……やっぱり不安だ)

早くに父親を亡くしたこともあり、女だけの家で育った私はあまり男の人に慣れていない。

もちろん男性恐怖症なんかじゃないけれど、今まで彼氏はおろかボーイフレンドだっていなかったのだから、戸惑うのは当たり前のことだ。

それによりによって副社長と夫婦のふりをして同居するなんて、考えただけでも心臓がドキドキしてしまう。

(でも彼と偽装結婚だなんて……本当にできるの?)

やると言ってしまったのだからもう後には引き返せないが、胸の奥に引っかかった何かが、小さな棘のようにキリキリと痛んで私の心を苛《さいな》む。

『君が望まないことは絶対にしない』と副社長は言った。

(それじゃ……私の望むことは何?)

心地よい振動に揺られながら、私は今朝社長室の奥のキッチンで起こったことをゆっくりと思い出す。

背後に迫った彼の体温。私の手首を掴んだ長い指と、彼の首筋から漂った香り。

マンションにも漂っていたあの香りは……ムスク？

甘くて、ちょっと刺激的で。たやすく酔わされてしまうのは相手が副社長だからだろうか。

あの時だって、簡単だった。

非常階段で転びかけた私を、彼が抱き留めてくれたあの瞬間も。

硝子窓に映る自分を見つめながら、私は記憶の糸をゆっくりと手繰《たぐ》り寄せた。


あれは大学四年生の、六月のことだ。

就職活動も大詰めを迎え、キャンパスには連日内定を報告する友人たちが溢れていた。

私もいくつかの企業で内定を得ていたが、本命はその日最終面接を迎える松岡製薬だった。

三年の秋から準備を始め、卒業生に話を聞いたりインターンシップに参加したりと私は活発に就職活動に勤《いそ》しんだが、一番の本命を松岡製薬に決めたのは就職活動のまだ早い段階だったと思う。

亡くなった父が生前よく会社名を口にしていたこともあり、私にとって松岡製薬は親しみのある会社だった。

そしてようやく辿りついた最終面接。

時間は確か午後一時、昼休み明けの一番目だったと記憶している。

その日の私は朝から身繕いに余念がなく、準備は万全だった。

「彩花、そろそろ出ないと電車の時間に間に合わないわよ」

洗面台の前で髪を整えていると、背後から母の声がした。

ちらりと腕時計に視線を落とすと、いつの間にか家を出る時刻が迫っている。

「はーい」と返事を返して、私はもう一度鏡の中の自分を確認した。

濃紺のリクルートスーツに低い位置で束ねた髪。言わずと知れた就活生の定番スタイルだ。

「……派手じゃないかな」

普段しないお化粧をしているせいか、鏡に映る自分の姿はいつもとはまるで違っている。

そんなに色々やったつもりはないけれど、はっきりした二重瞼と色白の肌には、思った以上に化粧が映える。普段は色つきリップぐらいしか塗らないから、特に唇の鮮やかさが目についた。

「お母さん、口紅、派手じゃない？」

心配になってキッチンにいた母の下へ駆け寄ると、母は「どれどれ」と言いながら肩に手を添えてしげしげと私を見つめる。

「彩花は肌が白いから、ちょっと口紅が目立ち過ぎるかもしれないわね。ティッシュで一度押さえてごらん」

言われた通りにティッシュを唇に挟むと、白い繊維に鮮やかなキスマークが浮かび上がる。

写し取られた唇の痕にドキッとしながら顔を向けると、化粧っ気のない母の顔が柔らかに緩んだ。

「うん、これで大丈夫。彩花、すごくきれいよ。お父さんにも見せてあげて」

まるで嫁にでも出すかのようにしみじみ言われ、私は「大げさだなぁ」と呟きながら居間にある小さな仏壇の前に座る。

「お父さん、これから松岡製薬の最終面接に行ってきます。頑張ってくるね」

そう言っておりんをチーンと鳴らすと、続いて隣に座った母も、仏壇に飾られた父の遺影に向かって手を合わせた。

「あなた、彩花のこと守ってやってね」

仏壇に向かって固く瞼を閉じる母の痩せた肩に、胸が締めつけられるような気持ちになる。

私が小学三年生の時に父が不慮の事故で亡くなった。

温かで優しい、揺るぎない大木のような存在だった父を失い、私たちはただ呆然と悲しみに暮れた。

まだ十歳にも満たなかったけれど、あの凄絶な喪失感は今でも私の中にずっと残っている。

飲酒運転で父をはねた若い男の人からの慰謝料はいつの間にか途絶え、頼る親戚もいなかった母は昼夜を問わず働き、女手ひとつで私を育てた。

まだ三十代半ばだった母には、どんなに辛い毎日だっただろう。

きっと泣きたい夜も幾度もあったはずだ。

けれど父が亡くなってから今まで、私は母が泣いたところを一度も見たことがなかった。

それどころか、私が思い出す母の表情はいつも笑顔だ。

どんなことにも立ち向かう母の姿は子供心にも誇らしく、お金はなかったけれど、愛情に満ちた暮らしは不幸ではなかった。

それにどんな時でも、私たちの心には父がいる。目に見えない家族の絆が、どんな時も私と母を守っていてくれた。

しかし神さまはそんな母子にさらなる試練を与えた。

私が大学に入学してすぐ、今度は母を病魔が襲ったのだ。

あの時は本当に不安で、母が回復するまで私は食事すら満足にできなかった。

父と同じように母までいなくなってしまったらどうしようと、不安で不安で仕方がなかったのだ。

幸い治療で完治することができたけれど、もうあんな思いをするのは二度と嫌だと心の底から思う。

私は父に向かってもう一度「守ってね」と呟き、立ち上がった。

「もう行かなきゃ」

そう母に告げ、バッグを肩に掛けて玄関へと向かう。そしてきちんと磨いておいた黒いパンプスに足を入れ、母に笑顔を向けた。

「それじゃお母さん、行ってくるね」

「慌てないで落ち着いてね。彩花ならきっと大丈夫だから」

駅へ向かう道を急ぎ、曲がり角で振り返ると、母がこちらに向かって手を振っているのが見える。

私も手を振り、希望と不安が入り交《ま》じった気持ちで大きく足を踏み出した。


松岡製薬の本社ビルに到着すると受付で最終面接があることを告げ、入館証を受け取ってエレベーターホールへ向かった。

数年前に移ってきたばかりだという真新しいオフィスは三十三階建ての高層ビルだ。

その二十階から三十三階までに、松岡製薬本社の各部門が入っている。

松岡製薬は癌や喘息の特効薬など、世界中で使用されている薬を多数製造している大企業だ。

国内有数、いや日本を代表する製薬メーカーと言っても決して過言ではないだろう。

(新しいビルだから、すごくきれいだな)

それにちょうどお昼休みの時間帯だからか、エントランスには多くの人が行き交っている。

学生の自分とは違い、みんなスーツが似合う洗練された大人ばかりだ。

(私も、こんな場所で働けたらいいな)

憧れにも似た気持ちで周囲に目を奪われていると、突然身体に衝撃を感じてバランスを崩した。

「きゃっ……」

身体が弾かれ、大理石の床にしたたかに打ちつけられる。

持っていたバッグが投げ出され、靴まで脱げてしまった。

「いた……」

ぶつかった相手は中年の男性だ。

電話をしながら歩いていたのか、彼は耳にスマートフォンを押しつけたまま訝しい表情でこちらを見ている。

彼は一瞬歩みを止めたものの、すぐに私から目を逸らして通話を中断することなくその場を立ち去ってしまった。

大勢の人がいる前で派手に転んでしまい、恥ずかしさと痛みで顔が赤くなる。

「あなた、大丈夫?」

おろおろと散らばったバッグの中身をかき集めていると、そばにいたきれいな女性が手を差し伸べてくれた。その手を取り、私は何とか立ち上がる。

「すみません」

「ひどいわね。謝りもせず行ってしまうなんて。怪我はなかった?」

「はい。ありがとうございます」

ぺこりと頭を下げると、女性は「気をつけてね」と言って去っていく。

(優しい人がいてよかった。でも、気をつけなきゃ)

せっかく張り切って家を出てきたのに、完全に出鼻をくじかれてしまった。

気を取り直してスカートの皺《しわ》を直そうとしたところで、ストッキングが破れていることに気づき、私は慌てる。

(大変、どこかで穿《は》き替えなきゃ……)

幸い、新しいものの用意はある。私は何かに急かされるように目の前に到着したエレベーターに飛び乗った。

しかし扉が閉まり、面接会場がある二十二階のボタンを押そうとしたところで、目的の階がないことに気づく。

(えっ……どうしてボタンがないの?)

見ると、ボタンに表示されているのは三十階以上の高層階だ。

どうやら私は、高層階へ行くエレベーターに乗ってしまったらしい。

改めて周囲に視線を向けると、私以外に乗っているのは男性がひとりだけだ。

首に入館証を掛けているから、きっと彼も来客なのだろう。

(どうしよう。間違えて乗っちゃったんだ……)

静かに上昇していたエレベーターは、あっという間にビルの最上階まで駆け上《あが》る。

到着を知らせる電子音と共に扉が開き、私は仕方なく男性と一緒にエレベーターを降りた。

男性はこちらを気にすることなく壁に取りつけられたインターフォンで何かを伝え、扉の向こうに消えてしまう。

私はひとり、人気のない廊下に取り残された。

(三十三階……。いったいどんな部署が入っているんだろう)

エレベーターホールから続くエントランスには高級そうな大理石のテーブルが置かれ、大きなクリスタルの花器に豪華な花が生けられている。

何度か訪問した人事部のある二十二階とは、まるで違った雰囲気だ。

(ここ、きっと関係ない人は絶対来ちゃいけない場所だよね……)

セキュリティカードがないから社内には入れないが、たとえ廊下でも無関係な者がいていい場所ではなさそうだ。

(……とにかく、急いでストッキングを穿き替えなきゃ)

面接の時間まであと二十分ほどに迫っている。手早く済ませて二十二階へ向かえば、何とか間に合うだろう。

恐る恐る周囲を見渡し、私は女子トイレの表示に向かってこっそり人気のない廊下を進んだ。


幸い女子トイレに人影はなく、誰にも咎《とが》められずに身支度を整えることができた。

ひとまずホッとして鏡に向かって笑顔を作り、大きく深呼吸をする。

(よし。早く面接会場へ行こう)

辺りを窺《うかが》いながら廊下へ出ると、小走りでエレベーターホールへ向かう。

そしてエレベーターを呼ぶ下向きのボタンを押した。

が、通常押せば点灯するボタンが、まったく何の反応も示さない。

(あれ……?)

不審に思って何度もボタンを押してみるものの、やはり何の変化も起こらない。

まるで機能を失ったかのように無反応だ。

(え、どうして。何で動かないの⁉)

動揺から、心臓がバクバクと音を立てている。

焦る気持ちで腕時計に目を落とすと、面接が始まるまで、もうあと十五分ほどに迫っている。

(急がなきゃ……早く行かなきゃ間に合わない……！)

私はエレベーターに見切りをつけ、すぐそばにあった非常階段の扉に身体を滑り込ませた。

このままでは遅刻してしまう。こうなったらもう、非常階段を使うしかない。

そう覚悟を決め、階段を駆け下りる。

(このビルのエレベーターは高層階とそれ以外に分かれていた。きっと二十九階まで降りれば、エレベーターで二十二階に行けるはずだ)

必死で頭を働かせてそう考えが巡り、力任せに足を動かす。

(大丈夫。きっと間に合うから)

無我夢中で階段を駆け下りながら、私は動揺する自分に言い聞かせる。

こんなことで諦めたくない。

せっかく掴んだチャンスを棒に振りたくはないのだ。

自分を犠牲にして私を育ててくれた母のためにも、何としても内定を勝ち取りたい。

心の底から沸き起こる焦燥感が、私の心をかき立てる。

やみくもに足を叩きつけるせいで、履き慣れないヒールが身体をふらつかせる。

(早く、もっと急がなきゃ)

まるで転げ落ちるように階段を駆け下り、踊り場まであと五、六段といったところで、ヒールが階段の滑り止めに引っかかった。

前のめりになった身体が、反動で宙に投げ出される。

「きゃっ……!」

——落ちる。

ざっと身体から血の気が引いた。

この勢いで頭から落ちたら、きっとただでは済まない。硬い床に叩きつけられる恐怖から、私はぎゅっと目を閉じた。

(私、このまま死ぬの? やだ、誰か助けて!)

「──」

次の瞬間、階下から階段を上ってきた誰かがこちらに向かって手を差し伸べた。

続いて、逞しい胸が私の身体を抱き留める。

ざらりとしたスーツの感触が頬に触れ、同時に鼻腔をくすぐる香りが私を包み込む。

甘い香りに意識を攫《さら》われた瞬間、反動でふたり揃って踊り場に倒れ込んだ。

けれど彼に覆いかぶさる格好になった私には、何の痛みも感じられない。

「──っとに危ないな。大怪我するところだぞ」

彼の胸に埋もれるように顔を押しつけていた私に、低い声が降ってきた。

ハッとして顔を上げると、触れてしまいそうなほどの距離にその人の顔がある。

息が止まるような気持ちで、私は彼を見つめた。

薄い唇。

軽く波打つ黒い髪。

整った顔立ちの中で特に印象的な黒い瞳が、咎めるようにこちらに向けられている。

「それにどうしてこんなところにいる？　ここは関係者以外立ち入り禁止だぞ」

「あ、あの、私……。すみません。間違ってエレベーターに乗ってしまって、戻ろうと思ったら、エレベーターが来なくて」

まるで夢の中にいるような気持ちで、私は彼に答える。

「このビルでは十二時四十五分から一時までの十五分間、高層階専用のエレベーターは使えなくなるんだ。昼食から戻る社員を、短時間で大勢運ばないといけないからね」

彼はそう言うと、またジッと私を見つめる。

そして何かを促すように軽く眉を上げた。

「それより、よければそろそろ下りてくれるかな。それとも、このまま抱っこして下まで降りようか？」

「えっ？　あっ、きゃっ……」

彼の膝の上に跨《また》がっている状態の自分に気づき、私は慌てて彼から床に飛びのいた。

「す、すみません」

「どう致しまして」

軽やかな身のこなしで立ち上がった彼が、手を差し伸べてくれる。

抗うことなく手を委ねると、強い力で身体ごと引き上げられた。

隣に立つ彼はすらりと背が高く、身体に沿った上質なスーツが似合う逞しい体格をしている。

高い目線から見下ろされる形になり、何故だか顔が赤くなった。

「怪我はない？」

「はい」

「そうか。それはよかった」

彼がクッションになってくれたお蔭でどこにも痛みはないし、今度はストッキングも無事だ。

しかし一歩間違えれば大変なことになっていたことに気づき、私は自分の不注意を悔やみながら彼に深く頭を下げた。

「あの、本当にありがとうございました。私、急いでいて……申し訳ありませんでした」

私の言葉に、彼の表情がようやく綻《ほころ》んだ。

笑うと彫像のように端整な顔立ちが鮮やかに彩られ、思わず見惚れてしまうほどの麗《うるわ》しさだ。

ネイビーのスーツに、薄いブルーのワイシャツ。ネクタイはブルー系のピンストライプと、すべてをブルー系で統一したコーディネイトは今まで就職活動で出会ったどんな人より洗練されている。

(この人はいったい誰なんだろう)

手慣れた様子で非常階段を使っていたということは、松岡製薬の社員なのだろうか。

「今回は無事だったからよかったが、これからは気をつけた方がいい。あの勢いで落ちていたら、今頃大怪我をしていたところだ」

「はい。以後気をつけます」

「是非そうしてくれ」

彼はそう言って肩をすくめると、私の首に掛かっている入館証に視線を落とす。

「もしかして就活の大学生?」

「はい。一時から最終面接なんです」

「一時? もうあと十分もないぞ」

彼の言葉に、私はハッと我に返る。

(そうだ。早く行かなきゃ。最終面接を受けて、私は絶対にこの会社に入るんだ)

「あの、助けていただいて本当にありがとうございました。私、これで失礼します」

そう告げて階段を下りようとすると、サッと伸びてきた手が私を制止した。

振り向くと、さっきとは違うどこか冷たさを感じさせる黒い瞳が私を見下ろしている。

「この非常階段は使えない。三十階から下の階には鍵が掛かっていて、フロアには出入りできないんだ」

「えっ、それじゃ、二十二階に行くにはどうすれば……」

「三十階まで階段で降りて、また別の非常階段でエレベーターが動く階まで移動するしかないだろう。でも今の時間帯はエレベーターも混んでいるし、一時までに二十二階に行くのは無理じゃないかな。それに君ひとりじゃ、道筋も分からないだろうしね」

思いもよらない指摘に、私は言葉を失う。

けれどすぐに気を取り直し、彼に視線を向けた。

「順路を教えてください。無理かもしれないけど、私、やってみます」

「どうしてそんなにこの会社にこだわるんだ。他にも企業はたくさんあるだろう。……それとも、大きな会社にしか興味ない？　確かにここなら名前も多少知られているし、世間体もいいかもしれないな」

揶揄するような視線が胸に刺さる。

まるで見栄のためだけに必死になっているように言われて、心がギュッと痛くなる。

（私がここに入りたいのはそんな理由じゃない。この人に……ちゃんと分かってもら

いたい)

私は大きく息を吸って自分を落ち着かせ、彼をジッと見つめた。

彼の方もまるで吟味《ぎんみ》するようにこちらに視線を向けている。

「私が松岡製薬に入りたいのは、世間体のためじゃありません」

「じゃあどうして？　若い女の子が働きたい会社は、他にもたくさんあるはずだ」

「この会社に……母を助けてもらったからです」

私は試すような眼差しを向ける彼をまっすぐに見つめ返す。そして言葉を続けた。

「三年ほど前、母が病気になりました。でも松岡製薬が開発した薬が効いて助かりました。きちんと保険診療が適用されて、お金のないわが家でも治療ができたんです。あとでお医者さんに、松岡製薬が利益よりも人命を優先して広く流通させた薬だと聞きました。私にとって松岡製薬は恩人なんです。亡くなった父もこの会社の薬をとても信頼していました。だから私もこの会社で働きたいと思ったんです」

私が必死に紡ぐ言葉を、彼は黙って聞いている。

名前も知らない人に向かって、どうして私はこんなに必死になっているんだろう。

でも、どうしても彼に私の気持ちを分かってもらいたい。

「私、母が死ぬかもしれないって思った時すごく怖かった。でもお医者さんや看護師さんや……母に関わるすべての人が私たちを救ってくれたんです。この薬で絶対にお母さんは治る。みんながそう信じて疑わなかった。それで、本当に母は助かったんです。すごいって思った。大切な人を守りたいと思ったり、信じたりする気持ちはどんなことにも負けない。だから私も、誰かを助ける仕事がしたい。少しでもそんな輪に関わりたくて、松岡製薬に入りたいと思いました」

言いたいことを言ってしまうと、ざわざわと揺れていた心がすっきりと澄んだ。

そうだ。

私は諦めない。

あの時、私や母を助けてくれた人たちのように、目に見えない誰かの力になりたいのだ。

じっと押し黙ったままの彼に頭を下げて階段を下りようとすると、ごく自然な仕草で彼の手が触れた。

えっ、と思った時にはもう、私の手は彼の大きな手にギュッと強く繋がれてしまっていた。

冷やかだった黒い瞳には温かさが宿り、その奥で、強い意志が感じられる光が瞬いている。

「合格。今の台詞、そのまま面接官に言えば即採用だ」

「えっ……」

「行くぞ。……絶対ついてこいよ」

見惚れるほどの笑顔を向けたあと、彼はひらりと身をひるがえして走り出す。

その力強い手を頼りに、私もあとへ続いた。

非常階段を駆け下り、フロアをいくつも横切って違う階段を下り――そして最後には満員のエレベーターに私だけが押し込まれた。

「あのっ……」

両側から閉まる扉に、彼の笑顔が狭《せば》められていく。

せめて名前だけでも知りたい、そう思って手を差し伸べても、言葉が思うように出てこない。

「三十二階で扉が開いたら、まっすぐ走れ」

扉が閉まるわずかな隙間から、甘やかな香りだけが私の鼻先に届く。

「あのっ……もしここに採用されたらっ……」

あなたの名前を教えてください、そう言いかけた言葉は彼には届かず、前髪をかすめた冷たい鉄の扉に遮られ足元に落ちた。

電車が自宅の最寄り駅に到着し、改札をくぐって家路を急ぐ。

駅から家までは歩いて十分ほどだが、今日は足が思うように動かなかった。

まとわりつくような倦怠感が、隙間なく私を包み込んでいる。

（気が重いな……）

家に帰ったら母に副社長との結婚話を伝えなくてはならないが、どう切り出せばいいのか分からない。

（よく考えたら私、今までお母さんに嘘なんてついたことなかった……）

父が亡くなってから母とふたり手を取り合って必死に生きてきたから、嘘をつく余裕すらなかった。

今になって思えば、そんな母との絆も父がくれた贈り物なのかもしれない。

とりとめもない想いを巡らせるうち、漠然と、得体の知れない恐怖が心の底から沸き起こってきた。

濁りのない愛情を私だけに注いでくれる、たったひとりの大切な母に嘘をつくのが怖い。

いや、母だけでなく、私たちは世間の人たちすべてを欺くことになるのだ。

こんな大それた嘘をついて、万が一ばれたらどうなるのか。

もしそうなったら、私も副社長ももう会社にはいられなくなるだろう。

それに……。

(副社長と夫婦のふりをするなんて、本当にできるの……?)

心を覆う一番の不安の正体は、たぶんそのことだ。

副社長とふたりきりで暮らすなんて、私に耐えられるのだろうか。

彼の部屋に満ちていた香りがフッと鼻先を過ぎる。懐かしい彼の香りは相変わらず痺れるように甘く、簡単に私の心を支配する。

だから怖い。

手を伸ばせば触れられるほど近くに彼を感じながら、私は自分の気持ちを隠し通せるだろうか。

母と暮らす小さなアパートに辿りつき、なかなか下りてこない小さなエレベーターを諦めて、三階にある部屋まで階段を上った。

あの頃とは違い、今では細いヒールで階段を上るのも苦にならない。

もう大学生だった私ではないのだ。

そう自分に言い聞かせながら、私はあの日の顛末をまた思う。

彼に助けてもらった私は最終面接に間に合い、無事に内定を勝ち取ることができた。

すべての望みを叶えた私は世間知らずな娘らしく、窮地を救ってくれた王子様に想いを募らせていった。

もう一度、あの人に会ってお礼が言いたい。

名前は？　歳は？

それに……恋人や奥さんはいるの？

思えば、それは初恋だった。

彼は恋を知らない私が初めて出会った、特別な人だったのだ。

けれどそんな身のほど知らずな恋は、すぐに終わりを迎える。

入社して間もなく、海外のヘッジファンドを経て副社長に就任した彼が、オフィスに赴任してきたからだ。

彼の名前は松岡佑哉。

私には決して手の届かない、創業者一族の御曹司。

もちろん彼は私のことなんか覚えていない。

私にとっては宝石のようなあの出会いも、きっと彼にとっては取るに足りない暇つぶしに過ぎなかったのだろう。

だから私にできることは、彼を見ないようにすることだけだった。

社長秘書に抜擢されてからはさらに接する機会が増えた彼に、自分の気持ちを気づかれないよう取り繕うことに必死だった。

でも、それはただ表面的なことだ。

どんなに自分を誤魔化しても、年を追うごとに魅力的になる彼から私は目を逸らすことができなかった。

そうだ。

私は今でも副社長に、恋をしたままなのだ。

ふぅっとため息をつきながら軽やかにアパートの階段を上りきり、部屋に向かう通路の途中で夜空を仰ぎ見る。

濃紺の空には、満月より少し欠けた未完成な月が、ぽっかりと浮かんでいた。

（まるで私と副社長みたい――）

私は息をひそめて、青白く輝く月を見つめる。

これから始まる私たちの結婚は本物ではない。

すべてが満たされた完璧な結婚ではなく、歪《いびつ》な偽装結婚だ。

満月には絶対になれない、不完全な月のような関係。
（でも……偽りだからこそ、副社長と一緒にいられるんだ）
相反する様々な感情に身を任せながら、私はギュッと手を握り締める。
出会った時から、心の奥に大切に隠し持った想いは変わらない。
その宝石だけが、たったひとつの本当のことだ。
（今は、副社長のために私ができることをするだけだ）
たとえどんなに残酷な結末が待ち受けていたとしても。
恋する気持ちを切なさに隠して、私は母の待つ部屋のドアを開けた。

偽装結婚に必要ないくつかの甘い項目

副社長と偽装結婚することを決めてから初めての週末のお昼近く、私は母を伴って都内にあるラグジュアリーホテルへやってきた。

今日は結婚式に向けて、両家の初めての顔合わせだ。

何もそこまでしなくてもと思ったが、偽の結婚でもすべて手順通りに運ぶのが副社長のやり方らしい。

最後は彼に押し切られた形になったけれど、母や社長にまた嘘をつかねばならないと思うと気が重かった。

（嘘って、一つつくと雪だるま式に増えていくんだな……）

都内に最近できたフランスに本店を持つこのホテルは、お国柄もあってかまるでお城のような外観だ。

クラシカルな回転扉をくぐってロビーに入ると、すでに社長と副社長が待っているのに気づく。

ニコニコとこちらを見つめる社長と目が合い、私はふたりの下へと駆け寄った。

「お待たせして申し訳ありません」

そう言って頭を下げる私に、社長は「いいから」と優しく微笑んでくれる。

副社長も「俺たちも今着いたばかりだから」と私に向かって笑いかけると、今度は微かに緊張した面持ちで、母に向かって頭を下げた。

「お母さん、今日はわざわざ申し訳ありません。初めまして。松岡佑哉と申します」

「初めまして。いつも娘がお世話になっております」

恐縮しながら母も頭を下げて応えていると、微笑みながら母に歩み寄った社長が手を差し出す。

「初めまして、佑哉の父です。今日は御足労をお掛けして申し訳ありません。お嬢さんにはいつも私の方が面倒をかけていましてね。細かいところまで気がつく優秀な方なので私も助かっていたんですが、まさかこんなことになっていたとは……。本当に嬉しいサプライズでした。今回は急な話で申し訳ありません。でもこんなに素晴らしい縁談なら、早く進めた方がいいと私も思いましてね」

嬉しそうに目を細める社長に、戸惑いながら握手を返す母の顔にも笑みが浮かぶ。

「私も娘から話を聞いて、本当に驚きました。でも副社長さんにお会いして納得がいきました。まさかこんなに素敵な方だなんて……」

「私から見ればこんなにぴったりな組み合わせはありません。これから息子は私に代わって経営者にならねばなりませんが、彩花さんがそばにいてくれるなら、こんなに心強いことはない」

「社長さん……」

すでに事情を知っている母は、ただ黙って思いやりに満ちた視線を社長に向ける。社長も母に向かって、穏やかな眼差しを返した。

「息子にはまだ学ばねばならないことがたくさんあります。経営者となるにはまだ少し早いのですが、今回は私の体調のことで息子にも彩花さんにも迷惑をかけてしまった。それにお母さんにも。本来ならばもっと時間をかけて結婚の準備をするべきなんでしょうが、私には時間がありません。どうか許してください」

深々と頭を下げる社長の腕に、母がそっと触れた。

そして顔を上げた社長に、私が大好きな優しい笑顔を向ける。

「息子さんも娘も迷惑だなんて思っていないと思いますよ。それに私も、娘がこんなにいいご縁をいただけてとても嬉しいです。……実は私、娘に好きな人を紹介してもらうなんて、初めてのことなんですよ。それが結婚の報告だなんて、こんなに幸せなことはありません」

「お母さん……ありがとうございます」

社長と母のやり取りを聞いていた副社長が、感極まったように母に向かってまた頭を下げた。

まるで少年のような純粋な笑顔に、お芝居だと分かっているのに胸がキュンとする。

オフィスで見ている隙のない彼からは、まるで考えられない表情だ。

副社長は驚く私をちらりと見やり、母たちに向かって極上の笑顔を向けた。

「それじゃ、店に移動しましょうか。最上階のフレンチ・レストランを予約してあります。父さん、俺たちは少し話すことがあるから、彩花のお母さんと先に行っててくれないか」

「分かった。それじゃお母さん、行きましょうか」

社長と母がその場から去ると、副社長は私の腕を引っ張ってロビーの隅に設置されたソファへ連れて行く。

社長が退任することが決まった翌日からすぐに副社長へ業務の引き継ぎが始まり、その対応で今週は私も彼も目が回るような忙しさだった。

だから〝偽装結婚〟について具体的な話をするのは、あの日彼の部屋を訪れてから初めてのことだ。

副社長は私をソファに座らせると、自分も隣に腰を下ろす。

不意に距離が近くなり、いつもの香りが私の胸を落ち着かなくさせる。

「食事の前に少し打ち合わせをしておこう」

「あの、副社長、打ち合わせって……？」

「色々と口裏を合わせておかないと、父さんや君のお母さんに怪しまれるだろう？　例えばその〝副社長〟もだめだ。俺たちは結婚を控えた恋人同士なんだから」

副社長は耳元で声をひそめて囁くと、スーツのポケットから一枚のメモを取り出した。

「これは……？」

「俺と君のなれそめや互いの呼び名、それに今後のスケジュールだ。ざっと目を通してくれ」

「はい……」

メモには箇条書きで数十行に亘《わた》る項目が記《しる》されている他、結婚式や引っ越しのスケジュールまでもが詳細に綴られている。

「私が社長秘書になってからお互いに顔を合わせることが多くなり、意識し始めた。交際のきっかけは、私がオフィスの廊下で躓《つまず》きそうになったところを、その場に居合わせた副社長が助けた。……これ、何だかドラマみたいですね」

「気に入らないなら変更しようか」

「いえ、もう時間もないですし……これでいいと思います」

メモには、母たちに質問されそうな項目に対する返答がずらりと並んでいる。

（さすが副社長、完璧なレジュメだわ……）

順に目を通していくと、タイムスケジュールには食事会のあとホテルのブライダルサロンで打ち合わせ、という項目が記入されている。

脳裏に嫌な予感が走り、私は恐る恐る副社長の顔を見上げた。

「ブライダルサロンで打ち合わせって、副社長、もしかしてこのホテルで……」

「ああ、披露宴をするつもりだ。父の事情もあるから盛大にするつもりはないが、親戚連中は招待せざるを得ないから、ある程度格式がある場所の方がいい。それに来月中に披露宴をやるとなると、今すぐ取りかからないと間に合わない。昨日レストランを予約した時に聞いてみたら、ちょうど一件空きが出たというので会場を仮押さえしておいた。このホテル、最近若い女性に一番人気らしいんだが……気に入らなかったか？」

確かにこのホテルは今若者に人気があり、ここで披露宴を行う人たちも多いと聞く。

でもまさかこんなゴージャスなホテルで偽の披露宴までするなんて……。

頭では理解していたつもりだが改めて事の重大さを思い知らされ、不安な気持ちが胸を覆う。

偽装結婚だなんて大それたこと、本当にできるのだろうか。

黙り込んでしまった私に、副社長が戸惑ったような視線を向けた。

「やっぱり怖くなった？」

労《いたわ》るように向けられた優しい視線に、慌てて首を振る。

「怖くはありません。でも、ちゃんとできるかどうか不安で」

「気持ちは分かるよ。こんなことに巻き込んで本当にすまないと思ってる」

「巻き込むだなんて……。社長に誤解されてしまった原因は、私の不注意からでもあるんです。副社長だけのせいじゃありません。それに、副社長が社長を心配する気持ちもよく分かりますし」

私の言葉に、副社長の黒い瞳が思慮深げに細められた。

そしてしばらく考えを巡らせたあと、また真剣な顔で私を見つめる。

「君がどうしても無理だというなら、今日は軽く食事を済ませて帰ってもいい。結婚が決まっていても、けんか別れする恋人たちはいくらでもいる。父やお母さんには、考え方の違いが分かったからやっぱり結婚はやめると言えばいい」

「えっ……」

「この前は感情的になってつい君に甘えてしまったが、もし嫌なら無理はさせられない。もともと俺の考えが非常識だったんだ。ここまで付き合ってくれただけで、俺はもう十分だ」

副社長はそう言うと、何かを問いかけるような眼差しで私を見つめた。

その真摯な眼差しに、次第に心が静かになっていく。

そうだ。このことはもう決めたこと。

ここまで来たら、後戻りはできない。

「大丈夫です。私も社長をがっかりさせたくありません。私たちが結婚することで生きる希望を感じてもらえるなら、その方が私もいいから」

「本当に？」

「はい」

彼の目を見て頷くと、端整な顔に笑みが浮かんだ。

「ありがとう。それじゃ、次はこれ。できる？」

「私は副社長のこと、佑哉さんって呼ぶんですね」

「ああ。俺は呼び捨てで悪いが、彩花と呼ばせてもらう」

「分かりました」

下の名前を呼ぶなんて何だか気恥ずかしいが、彼の言う通り結婚前の恋人を〝副社長〟と呼ぶのは不自然だ。

「ちょっと練習してみよう。いいね、彩花」

不意に名前を呼び捨てにされ、お芝居だと分かっているのに胸がドキリと跳ね上がった。

そんな私の胸の内を知ってか知らずか、副社長は続ける。

「彩花、今日の服もとてもいいね。薄い水色が彩花の白い肌にとてもよく映える。その髪も……とても似合ってる」

今日の私は、ふわりと柔らかな生地の、薄い水色のワンピースを身に着けている。ストレートの髪はサイドを編み込みにして後ろで束ね、同じく水色のリボンで結んだ。

高級ホテルで食事するなんてあまりないことだから、気後れしないよう精一杯お洒落をしてきたのだが、副社長にこんなに褒められると恥ずかしくて頬が赤くなってしまう。

何と答えていいのか分からず、しどろもどろになって彼を見上げた。

「ふ、副社長……あの……」

「〝佑哉〟だろ？」

副社長はそう言うと、少し首を傾《かし》げて私の顔を覗き込む。

彼の方はいつもと同じく紺のスーツ姿だが、オフィスで見るビジネスライクな着こなしではなく、今日はどこか華やかさを感じさせる組み合わせだ。

ごく薄いピンク地のシャツに少し光沢のあるラベンダーのストライプタイを合わせ、鈍く輝くプラチナのカフスとネクタイピンを身に着けている。

息が触れるほどに近づいた首筋からはまたあの香りが漂って、私の鼻腔をくすぐった。

「言ってごらん。彩花、俺の名前は何？」

「ゆ、佑哉さん」

「いいね。それじゃ、お母さんたちのところに行こうか。俺がエスコートするから、彩花はただ俺の隣で笑っていてくれたらいい」

副社長――佑哉さんは優雅に笑うと、自分の腕に私の腕をしっかり絡ませ、颯爽《さっそう》とエレベーターホールへと向かった。

レストランでの食事は佑哉さんの絶妙な気遣いで楽しく進み、すっかりお腹もいっぱいになった頃にテーブルにデザートが運ばれてきた。

「わぁ、美味しそう」

思わず声を上げてしまった私に佑哉さんが優しく微笑み、そんな私たちの様子を母たちも笑顔で見つめている。

まるで芸術品のようなスイーツを楽しみ、コーヒーを飲み終えてしまうと、顔合わせのランチは滞りなく終わりお開きとなった。

揃って店をあとにするとロビーまで下り、先に帰るという社長をタクシー乗り場まで送る。

「お母さん、彩花さん、今日は本当にありがとう」

社長は嬉しそうに笑いながら手を差し出した。母と私は、その大きな手をかわるがわる握る。

「こんなに楽しい食事は本当に久しぶりだ。今夜はよく眠れそうだよ」

社長を乗せたタクシーを見送ると、今度は三人でホテルのブライダルサロンへと向かった。

ウェディングプランナーの女性にひと通りの説明を受け、料理や招待客の人数など、細かなことを決めていく。

佑哉さんは盛大にはしないと言っていたけれど、松岡製薬の後継ぎという彼の立場上、どうしても結構な人数を呼ぶことになる。

ホテル側の勧めもあり、やはり料理や花も豪華なタイプのものを選ぶことになったが、その中でも彼は私や母の好みを聞き、配慮してくれる。

とても嬉しそうな母と母を気遣ってくれる彼の優しさを思い、何だか胸がいっぱいになった。

しかし同時に、これらがすべて偽りだということが胸に重く伸し掛かる。

私の隣で幸せそうにしている母を騙していると思うと、胸が痛んで仕方がなかった。

(でももう、やるしかないんだ)

自分にそう言い聞かせ、私は精一杯の笑顔を浮かべる。

たっぷり二時間ほどかかって大方のことを決めてしまうと、プランナーの女性は書類を片づけながら私たちに向かって満面の笑みを浮かべた。

「それでは最後にお衣装のことをお決めいただきます。まずは衣装室へご案内致しますね」

彼女に案内され、エレベーターでホテルの衣装室へと向かう。

佑哉さんが選んだプランは洋装、和装、カクテルドレスの三種類を選べる最高級のものだ。

最初に通された部屋には、一着ずつ恭《うやうや》しくハンガーに掛けられた美しいウェディングドレスが、所狭しと並んでいた。

「どれも素敵ねぇ」

豪華なドレスに囲まれて目を輝かせている母を横目に、私はなるべく地味なドレスを探す。

(あまり目立たない、気後れしないものにしよう……)

「お客さまはシンプルなものがお好きなんですか？」

豪華なドレスに埋もれながら必死で探していると、背後から衣装室の女性スタッフに声を掛けられた。

「えっ……あ、そうですね……」

取り繕うように笑顔を作り、その場を誤魔化す。

親身になってアドバイスをしてくれるスタッフには申し訳ないけれど、気に入ったドレスを探す気にはどうしてもなれない。

だって、これは偽装結婚なのだ。

愛を誓う儀式ではなくただの偽装なのだから、花嫁衣装だってただの仮装だ。

私は部屋中を埋め尽くす純白のドレスを、複雑な気持ちで見つめる。

もちろん私だって、美しいドレスを見れば胸がときめく。

お姫さまのようにふんわりしたドレスに心惹かれるし、色打掛を纏って厳かな誓いを交わすことにだって憧れる。

けれど私たちがするのは偽物の結婚式だ。花嫁衣装に袖を通すのは、何だか罪深い気がする。

ましてや隣にいるのが密かに恋する相手だなんて……自分が決めたこととはいえ、あまりにも惨めだ。

(佑哉さんにとっては単なる偽装結婚の披露宴。そんな場面で浮かれるなんて、馬鹿みたいだ)

泣きたいような気持ちが胸に溢れ、華やかなドレスに囲まれながら俯いていると、不意に母が私の腕を取った。

「彩花、ドレスもすごく素敵だけど、和装は見せてもらわないの？　よく言ってたでしょう。いつかお嫁さんになる時には、絶対に白無垢を着てお父さんに見せてあげるって」

突然飛び出した母の発言に、私は慌てて咎めるような視線を向ける。

「もう、お母さんったら、そんな昔の話……」

「だって、つい最近まで言ってたじゃない。白無垢の花嫁さんていいなぁ、憧れるなぁって。佑哉さんは背が高くて肩幅があるから、きっと紋付袴もすごくお似合いになると思うの。彩花だって、小さい頃から着物がすごく似合ったでしょ」

そのやり取りに、それまで黙って私たちを見守っていた佑哉さんがスッとそばに歩み寄った。

「お母さん、そのお話は本当ですか」

「はい。実は亡くなった主人が、昔から彩花がお嫁に行く時には白無垢を着せたいって言っておりましてね。彩花は赤ちゃんの頃からそう言われて育ったので、いつの間にか自然に憧れを持つようになったんだと思います」

「だからそれは、子供の頃の話で……」

そう話を切り上げようとしたものの、そばで聞いていた衣装室のスタッフに「和装でしたら、こちらのお部屋にございますので」と別の部屋へと誘《いざな》われる。

中に入ると彼女はすぐに数人のスタッフに指示し、間もなく畳敷きのスペースに何枚かの衣装が集められた。

私は彼女たちに促されて畳の上に上がり、大きな姿見の前に立つ。

「和装でしたらまずは白無垢でお式を挙げられて、披露宴には色打掛で入場されてはいかがでしょう？　ちょうど新しく入った最上級のものがございますので、是非お試しください」

スタッフがふたりがかりで広げた白無垢に、私は一瞬で目を奪われる。

艶やかな純白の緞子地には華やかな模様が見事な刺繍で描かれていて、光の角度によって表情を変える様は神秘的ですらある。

あまりの美しさにしばらく母とふたり見惚れていたが、先に我に返った母が嘆息しながらスタッフに声を掛ける。

「本当に、見たことがないくらいきれいな白無垢ですね」

「はい。熟練の職人が数年かけて仕上げた、滅多に出ない大変贅沢なお品でございます。実は昨日入ったばかりで、まだどなたもご覧になっていないんですよ。もしよろしかったら、お嬢さまのお身体に当ててみましょうか」

「まぁ、よろしいんですか？　彩花、試させてもらいなさい」

母に促され、言われるがままに薄手のワンピースの上から簡単に着つけてもらう。

光が当たると柔らかな絹の光沢に優美な刺繍の文様が浮かび上がり、ため息が出るほどの美しさだ。

「お嬢さまは色白で手足が長くていらっしゃるから、和装が本当に映えますね」

「本当に、お嬢さまのためにここへやってきたような白無垢ですね」

スタッフに口々に褒められ、母には今にも泣き出しそうな顔で見つめられ――何だかいたたまれないような気分になったところで、姿見の背後に佑哉さんが映った。

あっと思ったけれど、上手く言葉が出てこない。

彼の気配を背中に感じながら、鏡越しに彼と目が合う。

(何だか緊張する……)

戸惑う私を映す鏡の中で、彼は黙って私を見ている。

強い視線に気圧されて思わず目を逸らそうとした時、彼の切れ長の黒い瞳に私にしか分からない熱が灯《とも》った。

まるで火花のように、彼の眼差しから細い光が鮮やかに飛び散る。

「彩花、本当にきれいだ」

鏡の中の私から目を離さぬまま、佑哉さんが言った。

みんなの前で当たり前のように言われ、身体中の血がざわりと騒ぐ。

臆面もない甘い言葉に、スタッフや母の顔にさざ波のような微笑みが広がった。

恥ずかしい……。

でも、嬉しいのだ。こんなの、ただのお芝居なのに。

佑哉さんはそんな周囲を気にするそぶりもなく、さらに私の耳元に顔を近づける。

ハッとして横を見たら、今度は鏡越しじゃない彼の瞳に捕まった。

「お母さんも気に入ってくださっているようだし、これにしたら？」

「あの、でも私……」

「さすがはお父さんだな。君が子供の頃から、きっと気づいていらしたんだね。どうしたら君が一番きれいになるのかを」

佑哉さんの言葉に、母がうるうると涙を浮かべた。

衣装室にしんみりした空気が漂い、スタッフが母の周りに集まって口々にお祝いの言葉を述べている。

「彩花、お母さんによく見てもらおう」

彼に手を取られ、私は姿見の前でくるりと身体の向きを変える。

衣擦《きぬず》れの音と一緒にまた彼の目の前に顔が戻って、その視線にたやすく捕えられてしまう。

まるで目に見えぬ糸に操られるように吸い寄せられ、彼から目が離せなくなった。

「本当にお似合いのおふたりですね」

「きっと新郎さまも、和装がよくお似合いになるんじゃないかしら」

「おふたりの仲睦まじい様子がお客さまに伝わる、よいお式になりますね」

スタッフたちが色めき立ち、室内が和やかな笑い声で包まれる。

けれど佑哉さんの眼差しはまだ私から離れない。

それはまるで、息が止まるほどの情熱的な眼差し。

（……どうしてそんな目で、私を見るの？　こんなの、全部お芝居なのに）

「お嬢さま、それでは次は色打掛を選びましょう。新郎さまにもお衣装をご用意しますので、こちらへどうぞ」

スタッフに手を引かれ、私は彼の瞳の拘束からようやく逃れる。

その後も私は佑哉さんに見守られながら、まるで本物の花嫁のように彼の熱い視線に恥じらうのだった。

翌週の月曜日、いつものように出勤し朝の挨拶をしながらロッカールームに入ると、周囲の話し声がぴたりと止んだ。

(……気まずい)

おそらく私と副社長の話で持ちきりだったのだろう。

周囲の好奇に満ちた視線をやり過ごし、私はロッカーの扉を開ける。

(もう噂が広まっちゃったんだ……)

備えつけられた鏡を見つめながら、私は憂鬱《ゆううつ》な気持ちでメイクを整える。

週末に両家の顔合わせと披露宴の打ち合わせを済ませた私は正式に佑哉さんの婚約者となり、その知らせは松岡家の親戚に広く伝えられることとなった。

松岡製薬は古くから続く同族企業だ。

現在経営に参加している親族は社長親子と今邑参与だけだが、株主として関わりのある親戚は未だに多い。

中には縁故で子供を入社させている親族もいて、何人かがこの本社オフィスにも在籍している。

秘書室にもひとり、私よりふたつ年上の中垣内《なかがいち》さんという縁故の女子社員がいる。

おそらくその辺りから、噂が広がったのだろう。

早々に身支度を終えてロッカーを閉めると、私は足早に出口へ向かった。

「羽田さん」

扉に手を伸ばしたところで、背後から声を掛けられる。

振り向くと、中垣内さんが数人の先輩社員と一緒にこちらを凝視しているのが目に入った。

無視することもできず、私はその場に立ち止まる。

「……何ですか」

「何ですかも何も、びっくりしたわよ。あなたと佑哉さんの婚約のこと」

威圧的に顎を上げながら、彼女たちは揃ってこちらを睨みつけている。

そのあからさまな敵意に、ロッカールームに寒々しい空気が漂った。

みんなの視線が私に集中する。

いたたまれない雰囲気に、心が硬く縮こまった。

「昨日、父から聞いたの。いったいどういうこと？　いつの間にそんなことになってたわけ？」

「あの、それは……」

どういうことと言われても私にも答えられない。

正直、こっちが聞きたいくらいなのだ。

でもそんなことは口が裂けても言えない。

この偽装結婚は、誰にも気づかれてはならないのだから。

黙り込む私に、追い打ちをかけるように中垣内さんの隣にいた先輩社員が口を開いた。

「すごい玉の輿よね。羽田さんが総務から社長秘書になった時も驚いたけど、まさか副社長と結婚するなんて、いったいどんな手を使ったの？」

「ほんと、大人しい顔して、何をやってるか分かったもんじゃないわね。やっぱり、私たちとは育ってきた環境が違うのかしら」

そう言って、彼女たちは意地悪く笑う。

何も言えずに唇を噛み締める私を確認すると、中垣内さんが満足そうに言った。

「そうね。お父さんがいないんじゃ、経済的にも大変だもの。偉いわ。自分ひとりの力でここまでのし上がるなんて。でも親戚としては心配だわ。佑哉さんが早く正気に戻ってくれるといいんだけど」

彼女がそう言い放つと同時に、部屋の奥から叩きつけるようにロッカーの扉を閉める音が響いた。

続いて、しんと静まり返った女子社員の間を縫って、ヒールを鳴らしながらひとりの女性が現れる。

佑哉さんの秘書、城之園さんだ。

城之園さんはまっすぐに中垣内さんたちに近寄ると、強い視線を向けて言った。

「中垣内さん、今のは本心からかしら。それとも、つまらない嫉妬で思わず出てしまった失言？」

城之園さんの言葉に、中垣内さんがムッとした表情を浮かべた。

縁故入社ということもあり常より中垣内さんには先輩への配慮はなく、誰に対してもぞんざいな態度を取ることが多い。

きっと創業者の親族という立場から、自分が特別だと思っているのだろう。

「嫉妬？　どういう意味ですか。失礼だわ。今の言葉、取り消してください」

「失礼なのはあなたの方よ。あなたが言ったことは人権侵害にもあたる、とんでもない侮辱よ。羽田さんに謝りなさい」

「はぁ？　何で私が羽田さんになんて……」

悪びれる風もなく開き直る中垣内さんに、城之園さんはさらに強い口調で続ける。

「あなたは何も分かっていないようね。羽田さんを侮辱するのは、彼女を将来の伴侶に選んだ副社長を侮辱するのも同じ。私の大切な上司を侮辱するなら、私もあなたに侮辱されたことになるわ。ひいてはこの松岡製薬を軽んじて、松岡社長を馬鹿にしているのと同じよ」

城之園さんはそう言って、美しい顔に怒りの感情を浮かべる。

松岡社長の名前まで出され、中垣内さんの顔がサッと青ざめた。

「そ、そんな……。私、社長や佑哉さんを馬鹿になんて……」

「あなたには以前から言っておきたいことがあったの。創業者の親族なら、もう少し品位のある言動をお願いしたいわ。あなたのその低俗な態度が、社長や副社長をも貶《おとし》める。長い歴史を誇る松岡製薬に傷をつけることになったら、いったいどうやって責任を取るつもり？」

城之園さんの追及に、中垣内さんとその取り巻きたちは慌てたように顔を見合わせる。

そしてバツが悪そうに視線を逸らすと、悔しげな表情でロッカー室を出て行った。

ピンと張りつめていた緊張が解かれ、ロッカー室にまたいつもの喧騒が戻る。

「城之園さん……」

思わず顔を見つめた私から目を逸らし、城之園さんも無言でその場を立ち去った。

一足先にエレベーターに乗った城之園さんに、役員フロアの廊下でようやく追いついた。

軽快に歩く彼女の背後から、私は思わず声を掛ける。

「城之園さん……！」

私の呼びかけに城之園さんが振り返った。立ち止まる彼女に小走りで駆けより、頭を下げる。

「あの、さっきはありがとうございました」

顔を上げると、城之園さんははっきりした二重瞼の静かな眼差しでまっすぐに私を見つめていた。

人形のように整った顔立ちは、同じ女性でも思わず見入ってしまうほどの美しさだ。

「別に、あなたのために言ったわけじゃないわ。以前から中垣内さんの態度には疑問を持っていたから、この機会にはっきり伝えただけ」

城之園さんはそう言うと、私に強い視線を向ける。

「それに羽田さんも、もう少し毅然《きぜん》とした態度を取った方がいいわ。これからはあなたが言ったりしたりすることが、そのまま副社長の評価に繋がることになるの。きちんと自覚してちょうだい」

「あ、あの、私……」

彼女の言葉に、私は思わず口ごもる。

副社長との偽装結婚の余波は、もう私が思いもよらないところにまで広がっているのだ。

（どうしよう。何だか大変なことになってしまった……）

不安で黙り込んだ私に、城之園さんがちらりと視線を向ける。

そして今度はふわりと表情を崩して、深々と頭を下げた。

「改めて、このたびはご婚約おめでとうございます」

「城之園さん……」

「実は私、先週末に副社長から聞いていたの。まだ伏せておくように言われていたから お祝いが遅くなってしまって……。おめでとう。とてもお似合いのふたりね」

そう笑顔で言われ、私は言葉を失う。

三年前、秘書室に異動してきた時から、彼女は私に対して辛辣《しんらつ》なダメ出しをする反面、慣れない秘書の仕事に苦労する私を気遣い、何かあればいつも助け舟を出してくれた。

誰にでも分け隔てなくフラットな立場で、気配りに長《た》けていて、優秀で見目麗しい。何もかも完璧なところは副社長とよく似ていて、それも含めてお似合いのふたりだといつも思っていた。

とそこまで考えたところで、あることに気づいてサッと血の気が引く。

(副社長と城之園さんの間には、本当に何の感情もなかったんだろうか……)

社内で噂になるほど、副社長と城之園さんはお似合いだ。

互いに何もかもバランスが取れているし、上司と秘書として強い絆で結ばれているのは誰の目から見ても明らかなことだ。

もしふたりが恋愛関係になったとしても何の不思議もなく、むしろ当然の成り行きと言える。

なのに思いもよらないアクシデントで、私が副社長と偽装結婚することになってしまった。

もしもこのことがふたりの恋を邪魔する結果になっていたとしたら?

「……羽田さん?」

黙り込んだ私に気づき、城之園さんが私を覗き込む。

彼女の心配そうな顔に、私は慌てて唇の端を上げた。

「本当にありがとうございました。助かりました」

「色々あると思うけど、頑張ってね。副社長を支えてあげて」

その美しい顔に何も答えられず、私はもう一度頭を下げてその場を立ち去る。

物言いたげな城之園さんの視線を背中に感じたけれど、私は振り返ることなく社長室へと向かった。


午前中は社長の退任に伴う手続きで慌ただしく時間が過ぎ、午後から通院のために社長が帰宅してしまうと、私はひとり社長室で仕事に没頭した。

書類に神経を集中させれば、嫌なことを考えずに済む。

そうこうしている間に定時を迎え、のろのろと帰り支度をしているところで、社長室に佑哉さんが入ってきた。

今日はずっと外出していたはずだから、彼と顔を合わせるのは週末以来だ。

「もう仕事は終わったの？」

佑哉さんはデスクまで近寄ると、電源の落ちたパソコンを確認しながら、私の顔を覗き込む。

その距離の近さに、思わず身体を反らした。

「もう帰るのか。このあと、何か予定はある？」

「えっ……。特にないですけど」

私が答えると、彼の表情がパッと明るくなる。

「それじゃ、少し付き合ってくれ。行きたいところがあるんだ」

「どこですか」

「いいから、早く帰り支度をしてきてくれ。駐車場で待ってる」

訝しく思いながらもロッカー室へ向かい、上着を取って地下一階の駐車場へと急いだ。

エレベーターホールから駐車場へ出ると、紺色の車の前で手を振っている佑哉さんが目に入る。

近寄ると、すでに助手席のドアを開けて待っていてくれた。

「乗って」

軽やかに笑顔を向ける佑哉さんに、ますます疑念が湧く。

「どこへ行くんですか」

「それは着いてからのお楽しみだ」

佑哉さんは慣れた手つきでシートベルトを締め、エンジンを掛ける。急かされるように私もシートベルトを締めると、車は地下駐車場からスロープを静かに駆け上がり、街中へと滑り出す。

季節は本格的な秋を迎え、街路樹も冬に向かって彩りを変えている。

私はそっと、すぐそばにある彼の横顔を盗み見た。

運転席に座る彼は、どこか楽しげだ。

普段より甘く感じられる端整な横顔に見惚れていたら、気配に気づいた彼にフッと視線を向けられ、慌てて目を逸らした。

「何？」

「何でもありません」

「だって、見てただろ」

「見てません」

頑なにそう答えたら、佑哉さんが声を上げて笑った。

彼の屈託のない笑顔に、さっきまで心に巣食っていた不安が一気に吹き飛んでしまう。

三十分ほど車を走らせてコインパーキングに駐車すると、佑哉さんは迷いなく大通りに面したハイブランドの店舗に足を踏み入れた。

私も彼のあとに続き、店に入る。

「いらっしゃいませ」

隙のない装いの女性スタッフたちが、一斉に同じ微笑を浮かべながら私たちを迎え入れる。

ここは世界中の女性が憧れる有名なジュエリーショップだ。

もちろん私だって、雑誌やCMで見かけるこのブランドのことは知っている。

(佑哉さん、いったいどうしてこんなところに……)

初めて訪れる煌びやかな空間に気持ちが落ち着かない。

所在なく視線を彷徨《さまよ》わせていると、ショーケースに可愛らしいクリスマスカラーで飾られた一角があるのに気づいた。

(あ、このリング、雑誌で見たことがある)

フロアの目立つ場所にディスプレイされたリングは、最近発売されたクリスマスの限定品だ。

小ぶりなパールを月に、小さなダイヤモンドを星に見立てたリングは、女の子なら誰でも心惹かれる可愛らしいデザイン。

磨き上げられたショーケースに顔を近づけ、思わずじっと見入ってしまう。

（すごく可愛い。でも、ちょっと手が出ないな……）

ごくたまにカジュアルなアクセサリーを買うことはあるけれど、さすがはハイブランド、私が買う物とは桁がいくつも違っている。

早々に諦めて店内を見渡すと、佑哉さんは奥まった場所でショーケースに顔を近づけ、何かを吟味している。

（佑哉さん、いったい何を見てるんだろう）

戸惑う私をよそに、佑哉さんは背後に控えていた女性スタッフを振り返り、極上の笑みを浮かべた。

「指輪を見せてもらえますか」

「かしこまりました。本日はどういったものをお探しですか？」

「エンゲージリングを探しています。彼女のために」

彼の眼差しがまっすぐにこちらに向けられ、息が止まるような甘い微笑みが私を捉える。

（えっ……）

突然のことに呆然とする私に、女性スタッフの視線が一斉に向けられた。

そして次の瞬間には、スタッフたちの手で大きな宝石のついた指輪が次々にベルベットのトレイに並べられていく。

「お客さま、どうぞこちらへ」

女性スタッフに誘われ、されるがままにショーケースに近寄る。

目の前に指輪が並べられたトレイが置かれると、佑哉さんはサッと視線を走らせただけで、ひとつも手に取ることなく年配の女性スタッフに視線を向けた。

「もう少しダイヤモンドが大きいものを」

「かしこまりました」

素早く商品を入れ替えた女性スタッフが、佑哉さんの前に改めてトレイを置く。

ずらりと並んだ豪華な指輪の中から、佑哉さんは迷うことなくひときわ大きなダイヤモンドが飾られた指輪を手に取った。

「これはどう?」

佑哉さんが選んだのはひと粒のダイヤモンドをあしらったプラチナのリングだ。

余計な装飾がない分宝石の持つ本来の美しさが際立ち、明らかに他の石とは違う高貴な煌めきを放っている。

佑哉さんは戸惑う私をジッと見つめながら手を取り、左手の薬指に指輪を嵌《は》めた。

指から零れ落ちそうなほど大きなダイヤモンドが、部屋の照明を受けてキラキラと輝く。

初めて見る本物の輝きに圧倒される私に、女性スタッフが満足気に口を開いた。

「そちら、二カラットのブリリアントカットになります。当社にも滅多に入らない最高級のお品物でございます」

「悪くないな。彩花、どう思う？」

「あ、あの、でも私……」

ちらりと見えた値札には、数百万という額が記されている。

想像もできないほど高価な宝石を前に、自然に指が震えてしまう。

（まさか……本当に買うつもりなの？）

佑哉さんは偽装結婚のための、偽の婚約指輪を買おうとしているのだ。

その事実に、心が暗く沈んでいく。

いつか自分だけの王子さまが現れて、プロポーズの言葉と共に輝く宝石の指輪を左手の薬指に嵌めてくれる。

そんなお伽噺《とぎばなし》を信じる子供ではないけれど、大人になった今でも無意識に左手の薬指にリングを嵌めることは避けている。

(嘘の婚約指輪だなんて。それに……)

私に偽物の指輪を嵌めるのは、ずっと叶わない想いを寄せている佑哉さんだ。

(こんなの、あまりにも残酷過ぎる……)

思わず零れそうになった涙を必死で堪えていると、何かに気づいた佑哉さんが困惑した表情で私を見つめる。

「彩花、気に入らない？　それじゃ、他のものも見せてもらおうか」

「いいえ。……あの、指輪はなしではいけませんか？」

「どうして？　もしかしてこのブランドが気に入らない？　……それなら、別の店に行こうか？」

うなだれて黙っていると、佑哉さんは私の手を引き店内の片隅まで連れて行く。

手を繋いだまま距離を詰められ、ごく近くで彼の優しい眼差しに捕えられた。

「彩花、どうしたいのかちゃんと言って」

「あの……。に、偽物の婚約指輪なんて、必要ないんじゃないでしょうか。それに、あんなに高価な指輪をいただくわけには……」

「でも指輪がないと父やお母さんに変に思われる。城之園さんに聞いたんだけど、もう社内で俺たちの噂が広まってるんだろう？　それなら、堂々と指輪を嵌めて見せつけてやればいい。みんなが羨むような、最高のエンゲージリングをね」

彼の口から城之園さんの名前が出るのを聞き、また心が苦しくなった。

（佑哉さん、本当に城之園さんのことを信頼しているんだ……）

もし私とあんなトラブルがなかったら、佑哉さんの偽装結婚の相手は城之園さんだったかもしれない。

いや偽装というより、城之園さんなら本物の結婚相手にだってなれたかもしれないのだ。

社内で幾度となく目にした、仲睦まじく寄り添うふたりの姿が脳裏に浮かぶ。

醜《みにく》い嫉妬の感情が胸を満たし、そんな自分に耐えられず——言葉なくうなだれることしかできない私の頭の上で、佑哉さんが困ったようにため息をついたのが分かった。

こんな場所で迷惑をかけている自分を自覚し、ますます心がしぼんでいく。

「彩花、俺は君に最高のエンゲージリングを贈りたい。君の優しさと、長年父に尽くしてくれたことにお礼をしたいんだ。……エンゲージリングという響きが重いなら、俺からの感謝の証だと思ってくれていい」

「感謝の証……？」

「そうだ。父はこの結婚をとても喜んでいる。治療をするつもりはまだなさそうだが、幸福そうな父の顔を見るのは俺も嬉しい」

佑哉さんはそう言うと、口角をわずかに上げて見せた。

取ってつけたようなぎこちない笑顔に、彼もこの状況に戸惑っているのだと改めて気づく。

(そうだ。佑哉さんだってこんな偽の結婚、本当は嫌に決まってる)

彼が口にした感謝という言葉が、それをはっきりと物語っている。

あの偽のエンゲージリングは偽の結婚の証。それ以上でも、それ以下でもない。

彼にとっては意味などない、ただの謝礼と同じ。

特別な意味を感じているのは、私だけだ。

誤魔化しようのない事実に、胸が切り裂かれるように痛む。

(そんなの、最初から分かってたことじゃない。平気な顔をして、ちゃんと指輪を選ばなきゃ)

いくらそう自分に言い聞かせても、胸の痛みは収まらない。

それればかりか、堰《せき》を切ったように押し寄せる感情と共に涙が溢れて、止まらなくなった。

「彩花……？」

私の涙に気づき、佑哉さんが狼狽《うろた》えたように大きく目を見開く。

「彩花、いったいどうしたんだ」

「……何でもありません」

「何でもないわけないだろう。……どうして泣くんだ」

切なげに顔を歪めた彼の手が、私の頬に触れる。

佑哉さんは悪くない。彼はただ、お父さんを助けたいだけだ。

それに偽装結婚を引き受けたのだって、最終的には私の意思。

彼が無理強いしたわけじゃない。

そう自分にいくら言い聞かせても、涙はいっこうに止まってはくれなかった。


濃紺の夜空には、冴え冴えとした月が浮かんでいる。

人気のない公園のベンチに腰かけ、私はひとりぼんやりと夜空を眺めていた。

(佑哉さん、もう帰っちゃったかな……)

彼を置き去りにして店を飛び出してから、すでに一時間ほどが経過している。

行く宛てもなく街を彷徨い、偶然見つけた小さな公園でこうして月を眺めているうちにようやく自分を取り戻すことができたけれど、冷静になってみれば後悔しきりだ。

（あんなところで泣いたりして……幼稚なことをしてしまった）

ひとしきり泣いて感情の波が去ると、いい歳をしてあんなに混乱してしまったことが恥ずかしく、消えてしまいたいほど情けない。

今になって思えば、佑哉さんが婚約指輪を用意しようとしたのはごく自然なことだ。あんなに高価な指輪は必要ないと思うけれど、結婚が決まった女性が左手の薬指に指輪をしていない方が不自然だろう。

（あんなに取り乱してしまったのは、きっと相手が佑哉さんだからだ）

そんな自分の気持ちに気づき、どうしようもなく苦しくなった。

彼のことが好きだから偽物が嫌だなんて、それなら最初から偽装結婚なんて断ればよかったのだ。

矛盾する自分の心を思い、どうしたらいいのか分からなくて——私は夜空を仰ぎ見る。

暗闇に浮かぶ月は、今日も不完全な姿をしている。

今夜の月は私の恋と同じく、ただ欠けていくばかりだ。

「こっちは必死で駆けずり回ってたのに、優雅に月見だなんてひどいな」

暗闇の中で、どこからか聞き慣れた声がした。

振り返ると公園の入り口に、佑哉さんが立っているのが目に入る。

「佑哉さん……」

彼はこちらを見つめながら、黙ったままゆっくりと歩みを進めた。暗闇でも煌めいて見える瞳が、私を捉えながら次第にこちらへ近づいてくる。

（もしかして、私のことを探してくれたの？）

彼は私のすぐそばまで距離を詰めると、黙って隣に腰を下ろした。

きちんとセットされていたはずの髪が乱れていて、それが少し嬉しい。

「心配したんだぞ。それにどうして電話に出ない？」

「……ごめんなさい」

「それに、あんなところで泣くなんて……。俺が泣かせたと思われるだろう」

口ではそんな憎まれ口を叩きながらも、いつもより優しい声色に胸がきゅっと音を立てる。

佑哉さんは私に身体を寄せながら、そっと自分の右手を私の左手に重ねた。

大きな、温かな手が私の手を包み込み、そのぬくもりに泣きたいような気分になる。

「ちょっとは落ち着いた？」

「はい。私、あんな場所で泣いたりして……ごめんなさい」

「いや、俺の方こそすまない。……少し先走り過ぎた。先に彩花の気持ちを確認してから行動に移すべきだった」

佑哉さんはそう言って私の顔を覗き込む。

「目が腫れてる。ここでひとりで泣いてたのか」

「あ……どうしよう。そんなに腫れてますか？」

「……いや、そんなに気にするほどでもないよ」

佑哉さんはさりげなく視線を逸らすと、手持無沙汰に前を向いた。

不器用な彼の優しさが伝わり、耳の後ろが痛くなるような切なさが駆け抜ける。

そうしてもいい気がしたから、私は彼の肩にそっともたれかかった。

彼は身動きひとつせず、視線を前方に向けたままだ。

「佑哉さんは好きな人とか、いないんですか」

「……どうして？」

「だってよく考えたら、偽装結婚なんてしなくても佑哉さんならどんな人とでも結婚できるんじゃないかと思って」

問いかけに答えず、佑哉さんは私の肩を抱き寄せた。

力強い腕に抱かれ、触れた部分から彼の体温が伝わる。

ずっと別世界にいるように感じられていた彼の存在が、こんなにも身近に感じられることが何だか不思議だった。

「佑哉さん」

名を呼ぶと、彼の横顔が私に向けられた。

印象的な黒い瞳が、物言いたげに揺れている。

こんなに近くで見つめられることが幸せで、切なくて。堪らなくて、沈黙に耐えられなくなって言葉を続けた。

「城之園さんとか」

「彼女が何？」

「……佑哉さんとお似合いです」

苦しい。吐き出したい。そう思い、心の中いっぱいに広がっていた疑念を伝えると、彼の端整な顔にわずかに苛立ちの感情が浮かぶ。

顎に指を添えられ、顔を上げられると、視界いっぱいに広がった佑哉さんに「気に入らない」と告げられた。

「だから気に入らない。散々走り回らせておいて他の女性にしろとか……考えられない」

「えっ」

「そんな……！」

そんなつもりじゃない、と言いかけた言葉は最後まで紡げなかった。

重なり合うだけの、私を待たない唐突なキス。

あっと思って身体を引いたら、すぐに佑哉さんの唇が追ってきた。

何度か啄《ついば》むように触れ合ったら、少し顔を傾けた佑哉さんの唇が食《は》むように私の唇に重なる。

淡く触れ合って、また離れて。

私の反応を確かめながら少しずつ熱を帯びる佑哉さんの唇が、合い間に漏れる吐息が、私の鼓動を限界まで高めていく。

いつの間にか背中に回された腕に力が込められ、広い胸の中に閉じ込められていた。

「……目は閉じないの？」

「あ……あの、だって、佑哉さんが」

「俺が何？」

ほんの少し動くだけで唇と唇が触れてしまいそうな、ごく近い距離。

彼の吐息が甘く、狂おしく肌に触れている。

伏せたまつ毛が、私を酔わせる香りが、そして眼差しが。彼のすべてが私だけに向かって、身体全部を包み込んでいる。

蕩《とろ》けるように幸せで、目を閉じたら消えてしまいそうで、だからそれが怖くて。

「佑哉さんをずっと……」

あなたをずっと見ていたい。触れていたい。……感じていたい。

言いかけた言葉を遮《さえぎ》るように、また熱い唇が私を飲み込む。

さっきよりも少しだけ性急な、互いを求め合う甘いキス。

まるで夢の中にいるような、甘美な時間が過ぎていく。

不完全な月が輝く夜、生まれて初めて経験したキスの相手は、私の初恋の人だった。

君は大切な奇跡　～佑哉Side～

彩花の住むアパートに着いたのは、もう午後十一時を少し回った時刻だった。

俺はアパートの少し手前で車を停め、助手席で眠る彩花をジッと見つめる。

シートに深く背を預けた彩花は、すやすやと安らかな寝息を立てて眠っている。

柔らかな頬にまつ毛が落とす影が、対向車のライトに濃く彩られては淡く消える。

（よく眠っている。……きっと泣いたから、疲れたんだろう）

一緒に住んでいるお母さんにはさっき食事をした店で連絡を入れていたようだが、きっと彩花の帰りを首を長くして待っているだろう。

早く起こした方がいいと思いながらも、眠っている彼女がどうしようもなく愛おしく、あと少しだけ見ていたいという想いが胸を埋め尽くす。

（まだ少し目が腫れてる。……彩花、どうして泣いたんだ）

彼女に残る涙の余韻に、心が騒いで仕方がなかった。

本当ならジュエリーショップでエンゲージリングを選んだあと、週頭の今日はお母さんの分も一緒に何か美味しいものを持たせて、彼女を早目に家に帰すつもりだったのだ。

なのに結局こんなに遅くなってしまったのは、彼女と少しでも長く一緒にいたいという自分の我儘に他ならない。我ながら分かりやすい、ダダ漏れの恋愛感情だ。

(でもさっきの彩花、本当に可愛かった)

嘆息し、俺はまた彼女の寝顔を見つめる。

誰もいない夜の公園で、彩花と初めて唇を重ねた。

淡く儚《はかな》い、夢のようなキスだ。

柔らかな彼女の唇に触れ、何度も食むように啄んで、腕の中で震える野の花のような彼女を強く抱き締めた。

大切に、ゆっくり進めると心に決めていたのに、堪え性のないわが身が情けない。

しかし泣きはらした顔で健気に振る舞う姿が堪らなくて、込み上げる恋情をどうしても抑えることができなかったのだ。

それにあんな状況で別の女性の名前を出されたことも、堪らなかった。

(妬かれてたってこと……？　それって、少しは俺に気持ちがあるって思ってもいいのか)

松岡製薬に入社してから、ずっと彩花を見てきた。

最初は総務に配属されたばかりの新入社員の彼女を、そして三年ほど前からは父の秘書として働く姿を、まるで恋を知ったばかりの高校生のように見続けてきたのだ。

彩花が父の秘書になってからは、日々彼女と接する機会があった。

未経験の彼女が突然社長秘書に抜擢されたことをよく思わない者もいたが、そんな中傷に負けることなく、彩花はみるみるうちに秘書としての才能を開花させていった。

聡明で素直な彼女は父が与える課題を着実にこなしたし、取引先や関係部署とのやり取りで磨かれ、どんどん洗練された女性へと成長していった。

どんないきさつで父が彩花を見出したのかは分からないが、父の狙い通り彼女が秘書としての適性を十分に備えていたことは、現在の働きぶりからも明らかだ。

（でも本当は、父さんより俺の方が先に見つけていたんだけどな）

父が彩花を自分の秘書に抜擢した時は、正直なところ横から攫われた気分にさえなった。

そんな執着を持ってしまうほど、彩花との出会いは俺にとって特別な出来事だったのだ。

今から五年ほど前のことだ。

俺は父からの連絡を受け、急遽ニューヨークから日本に戻っていた。

松岡製薬の社長室はビルの三十二階にあり、南向きということもあって陽当たりがいい。

シックな色調のソファに背を預け、父と俺は黙ってただ窓の向こう側の景色を見つめていた。

春の午後の陽光は部屋中のすべてを優しく包み込む。

まるで大切な人を失うことを知った親子を、労るように。

「それで母さんの具合はどうなの？」

沈黙に耐えきれず、俺の方から口を開いた。

父は静かに俺の顔を見ると、小さなため息を漏らす。

「長くて半年だそうだ」

「半年って……」

一か月ほど前、母が急に体調を崩し、検査の結果思いがけない病が見つかった。

病状はもう手の施しようがないほど進み、手術はおろか治療すらできないという。

昔気質《かたぎ》の家で育った母は働き者で辛抱強く、いつも父や俺のことばかり気にして自分のことは後回しだった。

同居していた父の母親に対してもそうだった。

祖母はすでに亡くなっているが、俺が海外の大学を出た頃からは介護も入り、母がひとりで献身的に尽くし、自宅で看取ったと聞いている。

そんな重い仕事からようやく解放されたのに、今度は自分が病気になるなんて。

神さまは本当にいるのかと、悪態のひとつもつきたくなる。

「この間、珍しく母さんがお前に会いたいと言い出してな。まだ告知はしていないが、もう気づいているのかもしれん。……お前、半年ほど日本に帰れないか。母さんのそばにいてやって欲しいんだ」

「父さん……」

「無理は承知だ。だが、私も後悔したくなくてな」

海外の大学を卒業してから五年、俺は仕事の忙しさにかまけて一度も両親の下に戻らなかった。

ニューヨークで就いたヘッジファンドの仕事は刺激的だったし、常に新しいことを吸収しなければ振り落とされてしまう厳しさもあり、遠く離れた日本のことを考える余裕など少しもなかったのだ。

何故もっと母に顔を見せなかったのか。今になって苦い後悔が胸に押し寄せる。

父はしばらく黙っていたが、やがて思い立ったようにこちらに視線を向けた。

「……お前、まだ会社に入るつもりはないのか」

「何だよ、突然」

「最近、役員会議でお前のことがよく話題になる。叔父さんも、『松岡の後継者は佑哉以外考えられない』と言って聞かなくてな。もちろん私も母さんも同じ意見だ」

(母さんが大変な時にそんな話？　本当に父さんは会社にしか興味がないんだな)

父の言葉に苛々しながら、そっけなく返事を返す。

「悪いけど、まだ考えられない」

「……そうか。そのことはいい。でも母さんのそばにはできるだけついていてやってくれ」

父はそう言うと、また視線を窓の外へ移す。

少々うんざりしながら、俺は姿勢を崩してソファに背を預ける。

御曹司。後継ぎ。幼い頃からそう言われ育った。

たぶん小学生くらいまでは、父や会社の偉業を純粋に誇らしく思っていた。でも思春期を迎えるぐらいから、俺は選択肢のない人生に疑問を持つようになった。

家業の看板がない、ありのままの自分を試してみたい。

そんな気持ちで日本を飛び出し、今まで己の実力だけを頼りに必死で生きてきた。

それでも数か月前までは、毎月段ボール箱いっぱいの日本食を送ってくれる母と定期的に電話で話していたのだ。

母はいつも俺の話を面白おかしく聞いてくれ、時には声を上げて笑ってくれた。

だから俺は母が重い病にかかっていたなんて、まるで気づかずにいたのだ。

母はどんな時も明るい太陽のように俺を励ましてくれた。進路のことで父と口論になった時も、ほんの一瞬の気の緩みで莫大な損害を会社に与えた時にも。

(自分のことしか考えていないのは、俺だって同じだ)

わがことを棚に上げて父を非難するなんて、本当にどうしようもない浅ましさだ。

俺は利己的な自分に心底うんざりしながら、身体を起こす。

「分かった。母さんのそばにいるよ。一旦向こうへ戻って仕事を整理することになるけど、すぐに戻ってくる」

「すまんな」

「父さんが謝る話じゃないだろ。……俺だって、一日でも長く母さんのそばにいたいしな」

そう言って秘書が淹れてくれたコーヒーを一口する。

父は俺に向かって小さく頷いて見せると、また窓の外に視線を向けた。

(父さんって、こんなに小さかったっけ)

俺は父の肩幅が、思っていたよりも狭いことに気づく。

もっとも背丈では、もうずっと以前に追い越している。

けれど父には身体の大きさなどでは計れない、圧倒的な存在感があった。

自分には敵《かな》わない、もしかしたら一生かかっても追い越せないほどの底知れない胆力があったのだ。

父はそれまで地場の中堅企業に過ぎなかった松岡製薬を、国内だけでなく世界にも名が知れたトップ企業にまで押し上げた。

中でも自社で独自に開発し、利益を優先させずに広く流通させた癌の特効薬は、今でも多くの人たちに多大な恩恵をもたらしている。

父が日本を代表するカリスマ経営者だということは、今や世界中の人たちが知っていることだ。

けれど夫や父親として彼が優れていたかというと、話は別だった。

父が参観日や運動会に来てくれたことは一度もないし、遊んでもらった記憶も皆無だ。

母にとって父が優れた伴侶だったのかどうかも、俺には分からなかった。

（……そんなこと、もうどうでもいいことだ）

長年積み重なった感情のすれ違いは、今さらどんなことをしても修復できない。

「……父さん、俺、ちょっと今邑の大叔父さんに挨拶してくるよ」

「ああ。今は最上階の臨床部門にいる。秘書室長にセキュリティカードを用意してもらうといい」

「そうするよ」

父にビジネスライクな笑顔を返し、俺は社長室をあとにした。


「内線にお出にならないですね。外出のスケジュールは入っていないので、すぐに戻られると思うんですが」

秘書室から大叔父のデスクに連絡してもらったが、あいにく不在のようだった。

ちょうどお昼休みの頃合いだから、昼食にでも出たのだろう。

「携帯電話に連絡を致しましょうか」

隙のない装いをした秘書室長が申し訳なさそうな顔をする。

「いえ、戻るまで待ちます。お手数をおかけして申し訳ありません」

そう笑顔を返すと、彼は少しホッとしたように表情を崩す。

「佑哉さん、実はお昼休みが終わる十五分前から、このフロアから上へはエレベーターが止まりません。今邑参与のところへ行かれるなら、お昼を過ぎてからになさるか非常階段をお使いください」

「分かりました」

「上層階はセキュリティの関係上、少し複雑になっております。詳しくはこちらに」

秘書室長はそう言うと、プラスティックケースに入ったA４サイズのルート表を指し示す。

松岡製薬本社ビルの中枢は、三十階から三十三階に集約されている。

そのほとんどが外に漏れてはいけない機密事項を扱うだけに、簡単に一般の人が入れないよう工夫されているのだろう。

もちろん有事には自動的にロックが解除されるから、安全面に問題はない。

「時折非常階段に閉じ込められるお客さまもいらっしゃるので、お気をつけください」

「ありがとうございます」

「いえ。……あの、佑哉さん」

その場を去ろうと背を向けたところ思いがけず呼び止められ、振り返るとあとを追ってきた彼の強い視線とぶつかる。

「何ですか」

「実は……最近の社長の体調が少し気になっております。あまりお食事も進みませんし、顔色も悪い。奥さまのことや新薬の承認も迫っておりますので、秘書室一同、心配しております」

「……ご心配をおかけして申し訳ありません。父に確認をして、きちんと体調管理をさせるようにします」

「……いえ。差し出がましいことを申し上げました。お許しください」

思わず出てしまった険のある空気に、秘書室長はそれ以上何も言うことなく深々と頭を下げた。

彼に軽く会釈をし、部屋を出る。

廊下を進んでエレベーターホールを通り過ぎ、扉を押し開けて非常階段に足を踏み入れた。

（社長の右腕、か。父さんは社員に慕われているみたいだな）

父が倒れれば会社が困るという理由もあるのだろうが、彼の言葉や態度からはそれだけではない、本心からの思いやりが感じられた。

父を心から信頼し尊敬しているということが、さっきのわずかなやり取りからもひしひしと伝わってくる。

（家と違って、会社では上手くいってるってことか）

それに少々穿《うが》った考えかもしれないが、さっきの会話で暗に『会社には入らないのか』と問われたような気がしてならない。

父から『会社に入らないのか』と言われた直後のタイミングだっただけに、その絶妙な追い打ちが胸に刺さる。

（まさに腹心の部下だな）

松岡製薬は創業から世襲で続く同族企業だ。それに父ももう還暦が近い。彼が気にするのもごく当然のことだろう。

けれど母の命が尽きようとしている今、正直気分が悪い話だった。

先代から受け継いだ松岡製薬を繁栄させるために、わが家が払った犠牲は計り知れない。

父は人生をかけ、母はそんな父を内外から支えた。

それぞれ守るべきものを必死で守ったふたりだが、両親が自分たちの人生を思うように生きたとは到底思えない。

生まれた境遇を恨んでいるわけではないが、自分の力で生きる術を得た今、父のあとを継ぐのは別に自分でなくてもいい。

幸い、会社には近い親戚から遠い親戚まで多数在籍している。その中から優秀な者を選んで後継者にしても、何の問題もないだろう。娘なら婿でも取ればいい。

(……今の俺は、母さんのことだけで精一杯なんだよ)

暗澹《あんたん》とした気持ちで足元に視線を落とした時、不意に頭の上から忙しない足音が響いてきた。

(何だ……?　ものすごい勢いだな)

誰かが階段を駆け下りてくる。よほど急いでいるのか、まるで転げ落ちんばかりの勢いだ。

(こんなに急いで……いったい何なんだ)

訝しく思いながら階段を上りきり、踊り場に足を踏み入れたタイミングで、それは突然俺に訪れた。

頭の上から、女の子が降ってきたのだ。

とっさに手を広げ、抱き留めた。

それが最初の出会いだ。

降ってきた女の子——まだ大学生だった彩花は、清々しいほどにまっすぐな女の子だった。

純粋で、純白で、お母さんを助けてくれた松岡製薬にどうしても入りたいと俺に言った。

彼女のお母さんが使った癌の治療薬は、父が社運をかけて開発したものだ。

父や社員の血の滲むような努力で生み出された治療薬は、今では世界中で承認され、多くの人たちの命を救っている。

あの頃の俺は、心の中で母の病に気づかなかった父と、身勝手に家を遠く離れた自分自身を恥じていた。

一番大切な人を助けることもできないのに何が新薬開発だと、家業や父を否定していたのだ。

けれど彩花のまっすぐな瞳を見た時、すべてを理解できた気がした。

父が人生をかけて造り上げた薬は、時を経ても尚、多くの人を救っている。

本人だけではない。今もその家族に幸せをもたらしているのだ。

それに功労者は父だけではない。

共に戦ってくれた社員やその家族、そして父を支えた母も――この会社に関わるすべての人たちが、彩花とお母さんを救ったのだと知った。

母が生きた証も、彼女やお母さんの今に息づいている。

すべては繋がっていたのだ。

両親も、自分も、そしてこの手で受け止めた彼女も。

この子に松岡製薬で働いてもらいたい。いや、絶対に働くべきだ。そう確信し、俺は彩花の手を取って走った。

秘書室で見たばかりのルートを辿り、迷路のようなフロアを横切って、彼女を面接会場へ続くエレベーターに送った。

きっと彼女は、この会社に入るだろう。

何より、目指している場所が父と同じなのだから。

きっとまた会える。俺が自分の役割を、ちゃんと全《まっと》うできるなら。

そう信じて、俺は彼女の乗ったエレベーターを見送った。

それから俺は金融の仕事を辞め、母を看取ったあとに松岡製薬に入社した。

両親が人生をかけて育んだ会社に今度は俺が貢献したい。そう心に決めたからだ。

入社したあと、俺はすぐに彩花を探した。

もう一度彼女に会いたい。そしてお礼を言いたい。彼女のお蔭で、大切なことを見失わずに済んだのだから。

まだ少女の面影を残した大学生に、何よりも大切なことを教えてもらった。だから今度は俺が、きっと彼女の力になろう。

最初はそんな友愛の気持ちだったけれど、総務で実直に働き、どんなことでもひた向きにやり遂げる彼女の姿を遠くから見ているうち、次第に気持ちが変化していった。

愛らしい野の花が艶やかな大輪の花へ。鮮やかに開花していく彩花を見せつけられて、俺はいつしか彼女を女性として意識するようになっていったのだ。

しかし彩花は、俺のことなど覚えていないようだった。

オフィスですれ違ったり、同じエレベーターに乗り合わせることがあっても、彼女は決して他人行儀な態度をくずさない。

（たった一度会っただけの見知らぬおじさんに女子大生が興味を抱くなんて、そんな

ことを期待する方がおかしいだろ）

そう自分に言い聞かせてみても、叶わぬ恋心は募っていった。

（一度でも、彼女と目が合ったら話しかけよう）

あの時、面接会場まで君を送り届けたのは俺だ。君が俺をこの会社に戻ってこさせたんだ。

それでも、彼女が親しげに俺を見ることは一度もなかった。

いくらさりげなく視線を送ってみても、何の反応も示さない。

最初は照れているのかとも思ったが、時が経つにつれそれが彼女の無言の拒絶だと気づくようになった。

彼女は俺を覚えていないし、関心もない。

俺にとっては運命でも、あんな出会い、彼女にとっては何の意味もない出来事だったのだ。

その事実が、胸を抉られるように辛かった。

あの一瞬で人生を変えられた俺にとっては、なおさらだ。

彩花が社長秘書となってからは、もう彩花にぎこちない視線を向けることしかできなくなった。

彼女のそばにはいつも父がいた。

直観力に優れた父には、下手なことをすればすぐに心を見抜かれてしまうだろう。

まだ年若い女子社員を追いかけ回す後継者など、父が許すはずもない。

それに、父は彩花をとても可愛がっていた。

折に触れて彼女を様々な場所に帯同して見分を広めさせ、秘書としてというよりひとりの人間として、豊かな経験を積ませようとしていた。

父が特定の社員に肩入れするなんて、誰に聞いても初めてのことだ。

だからいっそう、俺は彩花に近づくことができなかった。

つい先日行われた、創立百周年のパーティでもそうだった。

華やかなドレスを纏った彩花はまるで匂い立つ花のようで、その美しさは目が眩むほどだった。

(今夜こそ、彼女とふたりきりで話をしよう)

そう心に決めて彼女に近づこうと何度も試みたのだが、案の定、そばにぴったり父が張りついていたためそれも叶わなかった。

あまりの可愛がりように『もしや父も彩花のことを？』などと疑った時期もあるが、それはまったくの見当違いだ。

父は未だ亡くなった母を愛している。

時折訪れる実家には母の愛した家具や園庭がそのままの状態で残っているし、母の持ち物や衣服などは、誰にも触れさせることなく父が保管しているらしい。

母が最後に過ごした居室、好んで読んだ本や刺繍の道具など、母の面影と共に暮らす父の不器用な愛。そんな両親の崇高な関係に、今は憧れずにはいられない。

父の病状は急性ということもあり、本当なら治療の効果が望める症例だ。

けれど父は、治療を拒んでいる。

きちんと話をしたわけではないけれど、おそらく父は母の下に行くことを望んでいるのだろう。

たとえ死がふたりを別っても、決して引き裂けない。

そんな伴侶を持てる人が、世の中にどれほどいるだろうか。

助手席の彩花はまだぐっすり眠っている。

そろそろ起こさねばならないが、その前にやらねばならないことがある。

俺はポケットから小さなベルベットの小箱を取り出した。

蓋を開けると、中には愛らしいリングがちょこんと鎮座している。

ジュエリーショップで彩花が熱心に見つめていたこのリングは、最近発売されたクリスマスの限定品らしい。

若い女性にとても人気があり、恋人へのプレゼントとして購入する男性も多いのだと店員に聞いた。

エンゲージリングというには少しカジュアルだが、この指輪ならもしかしたら受け取ってくれるかもしれない。

そう密かに期待し、彩花が泣きながら飛び出してしまったあとに思わず買ってしまった。

(彩花、喜んでくれるだろうか)

心からの願いを込め、彼女の手を取って左手の薬指にそっと指輪を嵌める。

華奢なデザインのリングは彼女の白く細い指にぴたりと収まって、本当によく似合った。

指輪ひとつでこんなにも可愛らしくなるのなら、もっと彼女を飾る物を買ってやりたいと心から思う。

(好きな女性を自分が買ったもので飾ろうなんて……まるで独占欲の塊だな)

自嘲的な笑みが零れ、こんなにも彼女に溺《おぼ》れてしまった自分に恐れにも似た感情が込み上げる。

彩花は『偽物の指輪は必要ない』と言ったけれど、俺にとってはすべて紛《まご》うことなき本物だ。

だからこそ披露宴もエンゲージリングも、最高級のものを用意したいと思った。

最高のものを身に着けた彩花を、そばで見てみたい。

脳裏に美しい白無垢の花嫁衣装を纏った彼女が浮かび、また悶えるように胸が疼く。

『佑哉さんは好きな人とかいないんですか』

『城之園さんとか』

『……佑哉さんとお似合いです』

(あれは妬いてるってことでいいのか?)

それに俺が仕掛けたキスを拒まなかった。

キスくらい挨拶代わりとか？

……いいや。彩花がそんな女性じゃないことは、普段の彼女を見ていれば一目瞭然だ。

「ん……」

身じろぎをした彩花が、艶のある息を漏らした。

珊瑚色の唇がうっすらと開き、それだけで息が止まるほどの切なさが胸を襲う。

俺の脳裏に、さっき交わしたキスの記憶が鮮やかに蘇った。

（決して一方的じゃなかった。彼女だって俺に応えてくれた）

いつも可憐で愛らしい彼女が俺だけに見せた、美しく官能的な表情が忘れられない。

何度も重ねた柔らかで熱い感触を思い出し、それだけでは飽き足らない、もっと欲しいと渦巻く嵐のような欲望を、歯を食いしばって抑え込む。

（彩花……君のすべてが欲しい）

熱くなる身体が、滾《たぎ》るような情熱が、自分がどれほど彼女を欲しているのかを物語る。

あの日、彩花が階段から落ちてきたのは奇跡だった。

二度目は、あの社長室でのトラブルだ。

縮まらない彼女との距離に胸を焦がしていた俺にとって、あの日父が俺たちの関係を誤解したことは奇跡以外の何物でもなかった。

(運命が用意してくれたチャンスを、もう二度と逃しはしない)

この偽装結婚を本物に変えて、彼女と一緒に生きていきたい。永遠の愛を誓い合いたいのだ。

俺は安らかな彩花の寝顔を、もう一度見つめる。

「彩花……好きだ」

狂おしいほどの愛しさで、俺は彼女の左手の薬指にそっと触れるだけのキスを落とす。

焦げるような熱情を、胸の内に隠しながら。

彼との蜜月は輝く月の下で

水上飛行機の窓からは、視界いっぱいにエメラルドグリーンの海が広がっている。

東京から約十時間のフライトを経てこの水上飛行機に乗り換え、目的地の離島までは約三十分ほど。

初めて体験する小さな飛行機から見る光景は、眩しい光が織りなす目が覚めるような色彩のグラデーションでただただ目を奪われる。

光を反射させる水面はきらきらと七色に輝き、思わずため息が出るほどの美しさだ。

「ほら、もう見えてきましたよ。あの島です」

操縦席の隣に座った日本人コーディネーターの男性が、後部座席に座る佑哉さんと私に声を掛けた。

見ると、視線の先には珊瑚礁に囲まれた小さな島が浮かんでいる。

インド洋にちりばめられた最後の楽園と言われるモルディブ諸島の中で、この辺りは一島一島が独立したラグジュアリーなアイランドリゾートだ。

私たちが向かっている島は、その中でも特に景観が美しいことで有名だという。

島に近づくにつれ、その様子が私たちの目にもはっきり見えてきた。

深い青から明るい水色に移り変わる鮮やかな海の色が、私の目に眩しく映る。

（なんてきれいな海なの……）

見慣れない南国の海の色に目を奪われているうち、島から突き出したいかだのような場所に向かって水上飛行機が降下を始めた。

手慣れた操縦で音もなく着水し、降り口であるいかだの手前でぴたりと機体が停まる。

「彩花、足元に気をつけて」

先に降りた佑哉さんに手を取られて桟橋に降り立つと、私は見たこともないほど透明な美しい海に思わず声を上げてしまった。

「佑哉さん、ほら、魚もいます！」

「ああ、本当にきれいな場所だ。ここにしてよかったな。……彩花、少し揺れるから気をつけて。透明度が高いからそうは感じないけど、結構な深さだぞ」

佑哉さんは興奮する私に苦笑しながら、私の腕をしっかり自分の腕に絡ませる。

半袖の肌と肌が触れ合い、胸がドキリと跳ね上がった。

空は雲ひとつない青空だ。それに、日本よりも太陽の光が強い気がする。あまりの眩しさに思わず目を細めていると、足を止めた佑哉さんがサングラス越しに私を見下ろした。

「彩花、サングラスをかけておいた方がいい。持ってない？」

「あの、スーツケースの中に……」

「そうか。じゃ、俺のをかけておいて」

佑哉さんはそう言うと、無造作に自分のサングラスを外して私の耳にかけてくれる。

グレーに染まる視界に彼の顔が近づき、不意打ちの接近に心臓がドキドキと波打った。

「ここは陽射しが強過ぎるから気をつけて。君の目は色素が薄いから、紫外線には弱いはずだよ」

「は、はい。……あの、ありがとうございます」

「どう致しまして。……彩花、意外と似合うんだな。クールな君も刺激的だ」

さらりと甘い言葉を吐く佑哉さんに、顔だけではなく耳まで赤くなってしまう。

すると私たちのやり取りを横で聞いていたコーディネイターの男性が、笑いながら言った。

「こちらのリゾートは周辺でも特にロケーションが素晴らしくて人気なんです。お泊りになるのも独立型の最高級コテージですから、誰にも邪魔されずにゆっくり過ごせますよ。ハネムーンにはうってつけです」

満面の笑みを浮かべる男性に私の頬はさらに赤らんだが、佑哉さんは「ありがとうございます」と憎らしいくらいスマートな笑顔を返す。

彼の言う通り、今回の旅は形式上、新婚旅行だ。

本当は当然ながら新婚旅行なんて行くつもりはなく、仕事を理由に断ろうと思っていたのだが、ハネムーンへ旅立つことは社長のたっての希望だった。

急な社長就任で今後しばらく佑哉さんは多忙を極める。

その前に、せめて美しい場所でふたりきりの蜜月を過ごして欲しい。

自分もその方が心休まると社長自らに熱心に説《と》かれ、断ることなどとてもできなかった。

やむなく披露宴を終えたその足で空港へ向かい、飛行機に揺られてこのインド洋に浮かぶ極上のリゾートアイランドへとやってきたのだ。

島に上陸すると、私たちは島の中央部にあるリゾートホテルの本館へと案内された。

チェックインのためフロントへ向かう佑哉さんの背中を見送り、私はボタニカルのプリントが鮮やかなロビーのソファに腰かける。

語学が堪能な佑哉さんは、ホテルのスタッフと和やかに談笑している。

オフィスとは違ってカジュアルな麻のジャケットに身を包んだ彼は、広い肩幅や逞しい背中から、後姿だけでも十分過ぎるほどの男性的な魅力に溢れている。

私は彼に気づかれないよう、その背中をジッと見つめた。

軽く波打つ黒髪、逞しい首から肩にかけてのライン。ジャケットの上からでも分かる豊かな背筋と、すらりと伸びる長い足。

彼を形作る何もかもが完璧なバランスで成り立っていて、この美しい楽園に自然に溶け込んでいる。

一方の私は、白いレース地のフレアーワンピースを身に着けている。

これは母のお手製で、私の夏のお気に入りだ。

現地は常夏ということもあり、籐で編まれたバッグとフラットシューズを合わせた。

披露宴を終えてホテルを出る時に佑哉さんに『よく似合っている』褒められたのだが、またさっき水上飛行機に乗る時にも『可愛い』と褒められ、その都度甘い瞳で顔を寄せられたり髪に触れられたりするので、本当に心臓が忙しい。

(これから一週間はこのリゾートでふたりきり。あんな調子で触れられたら、私、困る……)

小さくため息をつき、私は所在なく手元に視線を落とす。そして手持無沙汰に、左手の薬指を飾る指輪をそっと撫でた。

月と星を象《かたど》った華奢なリングは、公園で彼とキスを交わしたあの夜からずっとこの場所に収まっている。

ジュエリーショップで泣いてしまった日、家へ向かう車の中で眠ってしまった私はそのあと目を覚まさぬまま佑哉さんの手でアパートの部屋まで運ばれたらしい。

翌朝自分の部屋のベッドで目覚め、その時になってようやく左手の薬指にこの指輪が嵌められていることに気づいたのだ。

(佑哉さん、私がこの指輪を見ていたことに気づいていたの？)

最初にあの店に入った時、すぐにこの指輪が目に留まった。

月と星というモチーフがとても神秘的に思え心惹かれたのだ。

佑哉さんがそんな私の気持ちに気づいていてくれたことが嬉しくて、この指輪が左手の薬指に嵌められていたことも決して嫌ではなかった。

いや、どちらかと言うととても嬉しかったのだ。

(好きな人から指輪を貰うことがこんなに嬉しいなんて、知らなかった)

もっとも、佑哉さんにとっては特別な意味なんてない。偽装結婚に協力することへのただの感謝の気持ちだろう。

翌日オフィスで会った時にお礼と、とても気に入ったことを伝えたけれど『そうか』とそっけない返事だった。

（それでもいい。私にとっては、特別な相手からの大切な贈り物だ）

でも、ちょっと困ったこともあった。

あの日から、佑哉さんは『夫婦になるんだから、もっと近づかないと』と、とても近い距離で私と接するのだ。

例えば一緒に道を歩く時や話をする時など、物理的なふたりの距離がとても近い。

偽装とはいえ形式上は夫婦なのだからあまりよそよそしいと変に思われるという彼の言い分も一理あるが、私としては内心とてもドキドキしてしまい、心臓がいくつあっても足りないような状態だ。

それに……。

不意に振り返った彼が、私に向かって笑顔を向けた。

熱を含んだ魅惑的な眼差しが私を捉え、また顔が赤くなってしまいそうで慌てて目を逸らす。

あの日交わしたキスが、今も私を落ち着かなくさせる。

いくら平静を装おうとしても、彼に恋をしている自分を強烈に意識させるのだ。

あれ以来、彼からキスを受けることはなかった。

彼もそのことについては触れないし、私の記憶も所々曖昧で、全部夢だったんじゃないかと思うこともある。

けれど少し強引で優しい、息ができないほどの彼の熱の残滓《ざんし》が、今も私の身体のあちこちに散らばっては疼き、あのキスを忘れなくさせるのだ。

(佑哉さん、どうしてキスなんてしたの?)

きっと泣いている子供を宥めるような気持ちでしたことだろうが、私にとっては初めての、恋する相手との大切なキスだ。

忘れたくても忘れられない。忘れられるはずもない。

私は自分の唇を、無意識に指でなぞる。

チェックインを終えた彼が振り返り、漆黒の瞳が私を捉えた。ハッとした私に気づき、目を逸らさぬままゆっくりと近寄ってくる。

表面上はとても優しく紳士的な彼が見せる、危うく獰猛《どうもう》な瞬間。

まるで獲物を狙う獣みたいな。

「……お待たせ。それじゃ、部屋へ行こうか」

当たり前のように頬に手が触れる。顔に落ちた髪をひとふさ、耳にかけられる。

スタッフに案内されて足を踏み出すと、自然に腰に手が回った。

ぴったりと寄り添い、私たちは海沿いのコテージへと向かう。

眼差しが、触れる手が熱を帯びるのを、私は照りつける強い陽射しのせいだと何度も胸に言い聞かせた。


海の上に続く通路を進んでコテージに着くと、スタッフがふたり分の荷物を運び込んでくれた。

中に入ると、そこには都心の高級ホテルにも引けを取らない、豪華な空間が広がっている。

ゆとりのある広いリビングとキングサイズのベッドが置かれた豪華なベッドルームがひとつ、来客用のベッドルームが三つ。専用のキッチンやスパ、ワインセラーまで備えつけられている客室は通常よく目にする連なった建物ではなく周囲を海に囲まれた独立したコテージで、開放感とプライバシーを完璧に両立させる、このリゾート最高の部屋だそうだ。

海に面した開放的なリビングで用意されていたシャンパンで喉を潤し、やっとひと息ついたところで、佑哉さんが口を開く。

「これからどうする？　ずっと忙しかったし、夕食まで少し休むか？」

日本との時差は四時間ほどだからまだ眠くはないけれど、確かに身体は少し疲れている。

佑哉さんの言う通り、本当に怒涛《どとう》の一か月だった。

ハネムーンに関しては旅行会社に任せきりだったが、披露宴や新しい生活の準備など、想像以上の手間と時間がかかった。

おまけに社長からの仕事の引き継ぎも重なり、私も佑哉さんも目の回るような忙しさだった。

はた目に映る華やかさだけでなく、結婚とは凄絶に雑用が多いイベントなのだとつくづく思う。

「あの、それじゃ、荷物を片づけて少しだけお昼寝してもいいですか」

「ああ。ゆっくり眠っておいで」

「はい。えっと、私のスーツケースは……」

コテージの中を探すと、私と佑哉さんのスーツケースはふたつ並んで一番広い寝室に運び込まれていた。

ベッドには薔薇の花びらが敷き詰められ、部屋の至る所に香りのいい南国の花々が飾られている。

文字通り花で埋もれるようなベッドルームは、ハネムーンに相応しい甘い香りでいっぱいだ。

女の子なら誰でもうっとりしてしまうシチュエーションだが、私は広いベッドを前に呆然と立ちすくんでしまった。

(これって……そうか。ハネムーンってことは、そういうことだよね……)

愛し合う新婚のふたりが、ベッドですること。

いくら男性経験のない私にだって、それくらいは分かる。

(もう、いったいどんな顔をすればいいの……)

いくら何でも、ここで佑哉さんと一緒に眠ることはできない。

途方に暮れて固まっていると、荷物を広げようと思ったのか佑哉さんが部屋に入ってきた。

彼の方も部屋の設えに一瞬驚き、それから石のように固まる私に気づいて苦笑する。

「どうしたんだ。そんな怖い顔して」

「えっ、ええと……」

「心配するな。この部屋は彩花が使っていい。俺は別の部屋で寝るから」

佑哉さんはそう言うと、花で埋め尽くされたベッドに珍しそうに視線を巡らせる。

「いい香りがするな。こういうのもたまにはいい」

「あの、それじゃ、佑哉さんがこのお部屋を使ってください。私は別の部屋で寝ますから」

「いや、この部屋は彩花が使ってくれ。先にスパを使うといい。ゆっくりお湯に浸かってから少し眠れば、疲れも取れるだろう」

佑哉さんはそう言うと、なおも恐縮する私に「別に俺は一緒に寝てもいいんだぞ」と悪戯っぽく笑う。

「あ、あの、それは……」

「心配するな。冗談だ」

「えっ、そ、そうなんですか……?」

あっさりと否定されるのが何故か寂しい。

説明のできない感情に翻弄されながら、私はおずおずと荷物を解きはじめるのだった。

ジャグジーつきのスパでゆっくりお湯に浸かり、花の香りで満ちたベッドに身体を横たえると、あっという間に眠りに落ちてしまった。

心地よい眠りから目が覚めると、窓からはすでに夕日が差し込んでいる。

もう日が暮れる時刻になっていることに気づき、慌てて起き上がった。

（すっかり眠り込んじゃった。やっぱり、疲れていたのかな……）

部屋着代わりに身に着けたリネンのワンピースにカーディガンを羽織り、寝室からリビングに足を踏み入れると、開放的に開かれた部屋全体が夕日でオレンジ色に染まっているのに気づく。

彼方まで広がる水平線の向こうには、今まさに太陽が沈もうとしていた。

「起きたのか」

入り口に立っている私に気づき、佑哉さんが読んでいた本から目を上げる。

私が眠っている間に入浴を済ませたのか、彼もどこかさっぱりとした佇まいだ。

まだ濡れ髪のまま、長さのある前髪が彼の印象的な黒い瞳にはらりとかかっていた。

白いポロシャツに黒い綿のパンツを合わせてソファでくつろぐ姿は、オフィスで見るよりずっと若く見える。

初めて見る新しい彼にまた胸がときめき、目が離せない。

「どうした？」

「あ……あの、私、すっかり眠っちゃって」

私はさりげなく視線を逸らしながら、そう誤魔化す。

どこかぎこちない私に向かって、佑哉さんは読んでいた本を閉じ、優しく微笑んだ。

「疲れていたんだろう。ゆっくり眠れてよかった」

甘く微笑みながら、彼は視線を水平線に沈んでいく夕日に向ける。

「絶景だな」

「本当にきれいですね」

「ああ。こういう場所で見ると、太陽もスケールが大きい」

肉眼でもはっきり分かる速度で沈んでいく夕日をふたり言葉もなく見つめる、
やがて燃えるような太陽が海の向こうへ消えてしまうと、たちまち辺りに夜の気配が漂った。

「夕食はどうする？　疲れているなら、ここへ運んでもらうこともできるぞ」

「私は大丈夫です」

「そうか。それならレストランへ行こう。支度をしておいで」

彼の笑顔に見送られ、私は寝室に戻る。

(どうしよう。何を着ていこう)

広いベッドの上を持参した洋服でいっぱいにしながら、自然に心が華やいでいく。

(何だか頭がふわふわする。私、まだ時差ボケなのかな……)

心が軽やかで、でもどこか切なくて——私のすべてを覆い尽くす感情の正体を心の片隅に追いやりながら、私は精一杯のお洒落をするのだった。


レストランは様々な国の人たちで賑わっていた。

私たちは海に面したテーブルに案内され、運ばれてきた海の幸に舌鼓を打つ。

「彩花、そのワンピースも可愛いね」

「ありがとうございます」

散々迷った挙句に身に纏ったのは、肌触りのいいコットンの花柄のワンピースだ。

白地にひまわりの柄がプリントされたAラインのスカートと広めの襟ぐりが、どこかクラシカルなデザイン。

そんなに高価な品物ではないけれど、忙しい私に代わって母が買ってきてくれた、お気に入りになりそうな一枚だ。

（よかった。佑哉さん、気に入ってくれたみたい）

ワイングラスを傾ける佑哉さんは、いつもより鷹揚としてゆったりとくつろいでいる。

オフィスで見るクールな顔も素敵だが、こんな緩く解けた彼もとても魅力的だ。

「明日はどうする？　コテージの前の海でも、十分シュノーケリングは楽しめるみたいだけど」

佑哉さんがそう言ったところで、隣席の若い外国人の夫婦が笑顔で佑哉さんに何かを話しかけた。

（えっと……英語？　フランス語？）

最初は英語で、そして佑哉さんがフランス語で話しかけたのを機に、一気に会話が弾んでいく。

ひとしきり談笑したあと、会話を終えた佑哉さんが説明をしてくれた。

「シュノーケリングのポイントを巡るオプショナルツアーをホテルが主催しているらしい。とてもよかったから参加してみたらって」

彼らの話によると、クルーザーを利用して少し離れたポイントをいくつか回り、この辺りでは見られない珍しい魚たちを見ることができたという。

「彼らはウミガメと一緒に泳いだそうだ」

「えっ、ウミガメですか⁉」

幼い頃絵本で読んだ、ウミガメの優しい顔を思い出す。

目を輝かせる私に、佑哉さんが微笑んだ。

「行ってみるか？」

「はい！　私、行ってみたいです」

「それじゃ、このあとフロントに申し込みに行こう」

コテージ前の浅瀬にだって、可愛くてカラフルな魚たちがたくさん泳いでいる。

それ以上の場所だなんて、いったいどんな魚たちがいるんだろう。

心躍らせながら食事を終え、さっそくフロントで申し込みを済ませて部屋へ戻った。

（明日、晴れるといいな）

まだ父が存命だった幼い頃には毎年家族で海水浴に出かけたものだが、母とふたりになってからはそれもなくなった。

もちろん学生時代に友人たちとプールに出かけたことはあるけれど、大人になってからは海で泳ぐことなど一度もなかった。海外の海で泳ぐなんて、もちろん生まれて初めての経験だ。

どこか華やいだ気持ちが心を満たし、子供のようにはしゃいだ気分になった。

「彩花、明日は朝が早いからそろそろお休み」

「はい。それじゃ、もう寝ますね」

「ああ。俺ももう休む」

佑哉さんに挨拶をして寝室に向かう。

ふわふわしまま手早くバスを使い、明日の準備をしてベッドに仰向けに倒れ込んだ。

「あ……」

視線の先には、無数の星が瞬いている。

突然現れた美しい夜空に、私は言葉を失う。

(もしかして……天井が開いてるの……?)

さっきまでは閉じていたはずの天井が開かれ、夜空から溢れんばかりの星たちが私を見下ろしている。

お昼寝をした時には気づかなかったが、どうやらこのコテージの寝室の天井は開閉式になっているらしい。

こうして開け放てば、満天の星を眺めながら眠りに落ちることができる趣向になっているのだ。

(何てきれい……。それに、日本とは違う星空だ)

無数の星たちが織りなす幻想的な美しさにため息をつきながら、さっきまで閉まっていたはずの天井が何故開いていたのだろうとぼんやり考える。

(きっと佑哉さんがこっそり開けておいてくれたんだ。……こんなきれいな星空なら、佑哉さんにも見せてあげたい)

そんな思いが巡ったあと、ハッと我に返る。

(私ったら、何を期待してるの？　私たちは偽物の夫婦だもの。ここで一緒に眠ることなんて絶対にない……)

そうだ。私たちの結婚は偽物。本当のことなんて何もない。

そう思いながらも、私の心は切なく疼く。

(せめて夢の中だけでも……佑哉さんと本当の夫婦になれればいいのに)

密かな願いを胸に秘めながら、私は星空の下で深い眠りへと落ちていった。

翌日も申し分のないお天気だった。

コテージに届いていた朝食をとったあと、私はシュノーケリングへ出かける支度をしてリビングへ向かった。

扉を開けると、すでに佑哉さんは支度を終えてソファで待っている。

彼はリゾートらしい、鮮やかなブルーの水着を身に着けていた。

(……何だか目のやり場に困る……)

これからシュノーケリングへ出かけるのだから当然のことだが、水着姿の彼は逞しい上半身がむき出しのままだ。

スーツの上からでも何となくは感じていたが、彼は細身に見えて筋肉質な体をしている。

首筋から肩にかけての美しいラインや逞しい胸板、ほどよく筋肉がついた男らしい二の腕や背筋など、水着メーカーのモデルも顔負けの魅力的な姿を目にし、そのセクシーさに心臓の鼓動が止まらない。

一方私はワンピースタイプの水着にラッシュガードやショートパンツなどを着込んでいる。

こんな極上のリゾートでは野暮ったい姿だが、彼の前で水着姿を晒す勇気がどうしても持てない。

（分かってはいたけど、佑哉さんって本当に何をしても目立つ人なんだ……）

無造作に下ろした髪も、サングラスを弄《もてあそ》ぶ長い指も、何もかもが眩しくて直視できない。

おどおどと挙動不審に視線を彷徨わせる私に、佑哉さんは余裕たっぷりの笑顔を浮かべながら歩み寄る。

「日焼け止めは持った？　それにサングラスも」

「はい。大丈夫です」

「それじゃ、行こう」

そう言って彼はさりげなく私のバッグを持ってくれる。スマートなエスコートぶりにも隙がなく、どこから見ても完璧な旦那さまだ。

（どうしよう。こんな佑哉さんと一緒で、今日一日心臓もつかな）

地上最後の楽園でのハネムーンは、まだ始まったばかりだ。


白く美しいクルーザーが滑らかな海面を切るように走り抜けていく。

クルーザーで移動する今日のツアーでは、周辺で有名な三つのシュノーケリングスポットを順に巡る。

最初に訪れたのはエイやマンタが見られるスポットだ。

シュノーケリングをするのは初めてだったけれど、インストラクターや佑哉さんの手ほどきですぐに海の散策ができるようになり、神秘的な海の世界に夢中になる。

次に珊瑚礁が美しいスポットを回り、白い砂浜の無人島でケータリングのランチタイム。お腹が空いていたせいか、いつもよりたくさん食べてしまった。

記念写真を撮ったりホワイトサンドの海岸を散策したりと、あっという間に時間が過ぎていく。

食事のあと少し休憩をしたら、いよいよウミガメと出会えるスポットへ出発だ。

海面を滑るように進む船の上は、潮風が心地いい。

同乗している人たちもみんな陽気で、密かに抱える嘘への罪悪感も今だけはすっかり消え失せてしまう。

「彩花、こっちを見てごらん」

「えっ……あ、イルカ！」

佑哉さんに言われて後方を振り返ると、スピードを上げる私たちのクルーザーをたくさんのイルカが追いかけてくるのが見えた。

まるで追いかけっこをするように身軽に海を泳ぐ様は可愛らしくもかっこいい。

「まだちっちゃい子もいますね」

「本当だ。親が子供を気にしているな。イルカの家族は、仲がいいんだな」

「ふふ、本当ですね」

流線型の身体で海面を滑り、クルーザーにも負けないスピードで泳ぐイルカたちの美しい姿は、いつまで見ていても見飽きることがない。

やがて目的地に近づいたクルーザーが減速を始めると、イルカたちは別れを告げるようにぐるりと旋回し、海の彼方に去っていった。

(イルカ、可愛かった。ウミガメにも会えるかな)

船が完全に止まるとインストラクターの指示で次々に海に飛び込んでいく。

期待に胸を膨らませながら、私も佑哉さんと透明度の高い海へと身体を投げ出した。

「彩花、ウミガメがこっちにいるって」

「えっ、どこ?」

「おいで。一緒に行こう」

少し高い波にてこずっていると自然に手を繋がれ、海の中をふたりで泳ぐ。

「潜るよ」

「はい！」

シュノーケルを口に含み、ふたり同時に海に顔を沈め、フィンを動かす。

私たちの進む先にいたカラフルな小魚たちが、ざぁっと道を空けてくれた。

珊瑚、イソギンチャク。色とりどりの海の生物の合い間に、ゆったりとまるで飛んでいるようにひれを動かす大きなウミガメがその姿を現す。

（ウミガメだ。本当に見られるなんて……）

人間に慣れているのか、ウミガメはごく近くまで近寄った人たちと一緒に、戯れるように泳いでいる。

そのあまりにも神秘的な姿に、私もそばに行きたいと強くフィンを動かした。

（私も、もっと近くで見てみたい……）

今までの場所より少し潮の流れが速い。思うように動かない足を力の限り動かしたところで、急に引きつるような強い痛みが右のふくらはぎに走った。

あまりの痛みに身体が捩れる。パニックになって足に手を伸ばすと、パイプの先から水が流れ込み、激しくむせてしまった。

息ができない苦しさと恐怖で、身体が上手く動かない。

（怖い誰か、助けて――）

上下も分からない水の中でもがきながら夢中で手を差し伸べる。すると、すぐに力強い手が私を抱いた。強い力で抱き締められ、次の瞬間には海上に抱き上げられて口の中に空気が流れ込む。

「彩花！　もう大丈夫だ」

耳元で佑哉さんの声がして、咳き込む私の背中を叩いてくれる。

異変に気づいたスタッフも駆けつけてくれ、私はすぐにクルーザーの上に引き上げられた。

「彩花、どこか痛む？」

「……ふくらはぎが……」

「つったのか」

佑哉さんが助けてくれたから大事には至らなかったけれど、ふくらはぎにはまだ強い痛みが残っている。

右足のふくらはぎを押さえていると佑哉さんがマッサージをしてくれた。

「彩花、ラッシュガードと、ショートパンツも脱いで」

「えっ」

「身体が冷えてる。タオルで拭いて温めるんだ」

彼にそう言われて、ハッとする。

今日は佑哉さんに水着を見せるのが恥ずかしく、食事中もずっと濡れた服を着たままだった。

それが原因で、身体を冷やしてしまったのだろうか。

私はおずおずとラッシュガードを脱ぎ、ショートパンツに手を掛ける。

上に着ていたものを脱いでしまうと、水彩の花を散らした白い水着が彼の目に晒された。

水着なのだから当然だが、むき出しの手足や広く開いた胸を見られるのがひどく恥ずかしい。

佑哉さんは黙って私を見ていたが、スタッフが大きなバスタオルを持ってきてくれるとそれで私の全身を包み込んだ。そしてそのあともずっと足をさすってくれる。

身体に温かさが戻り、次第に足の痛みも消えていく。

「足はどう？」

「……はい。もう痛くありません」

「そうか。でも、今日はもうこれくらいにしよう。水中では身軽に感じるが、フィンをつけると自分で思うより足に負担がかかるからな」

佑哉さんはホッとしたようにそう言うと視線を水平線の方へ向ける。

ようやく足の痛みは収まったものの、うるさく音を立てる胸の鼓動はしばらく鳴りやんではくれなかった。


クルーザーがホテルの桟橋に到着すると、すぐにフロントのスタッフが駆け寄ってきた。

佑哉さんはスタッフと笑顔で会話すると、肩をすくめて私を見つめる。

「彩花にドクターが必要かどうか聞いてくれているけど、どうする？」

「えっ……い、いえ、もう大丈夫です!!」

どうやら、私が溺れたという連絡がフロントに入っていたらしい。

思った以上の大騒ぎになってしまい、私は消え入りそうな声で「ごめんなさい」と呟く。

佑哉さんは笑顔でスタッフにもう大丈夫だと告げると、何の迷いもない動きでバスタオルに包まれた私を横抱きにした。

突然の彼の行動に、周囲に笑い声と口笛が沸き起こる。

「ゆ、佑哉さんっ……」

「黙ってて。ちょっと目立っちゃったから、コテージまではこうやって帰ろう」

「で、でも……」

力なく拒絶の言葉を口にしても、佑哉さんは澄ました顔で取り合わない。

クルーザーのスタッフから私のバッグを受け取ると、笑顔でお礼の言葉を口にしてタラップを降りる。

「奥さんの一大事だから、後片づけはしなくていいって」

「えっ……」

「新婚だから、早くコテージに帰れって」

振り返ると、クルーザーの上からみんなが手を振っているのが見える。

耳まで赤くなりながら、私は為《な》す術《すべ》もなく佑哉さんの首にしがみつくのだった。


それからの日々はあっという間に過ぎていった。

翌日は佑哉さんに勧められて、アロマを使った全身マッサージの施術を受けた。

オフィスワークと連日の疲れから、私の身体は思った以上に固く張りつめていたらしい。芳しい香りと女性の優しい手で隅々まで解され、身体中に瑞々《みずみず》しさが蘇る。

佑哉さんが日本から送られた資料に目を通している間には、顔見知りになった女性たちとビーズでアクセサリーを作ったり、現地の食材で簡単なスイーツを作ったりした。

ゲストを飽きさせないアクティビティに満ちたリゾートでの生活は、かつて経験したことのない楽しいことばかりだった。

それに何より、私にとって佑哉さんと過ごす時間は何にも代えがたいかけがえのないものだった。

オフィスで見せる顔とは違う彼の本当の姿に触れた気がして私の心は舞い上がり、ますます彼への思いが募っていく。

(でも、もう終わっちゃう)

陽が落ちたリビングでぼんやりと海を眺めながら、私はフッとため息をつく。

最後の一日となった今日は、朝から佑哉さんと島内を探検して回った。

一周するのに三十分とかからない大きさだが、手つかずの自然を残した島の反対側には馴染みのない美しい花や樹木があちらこちらに見られ、心癒される時間だった。

午後には少しだけビーチでシュノーケリングをし、部屋に戻ってシャワーを済ませると、それぞれ帰り支度に取りかかる。

(明日の朝には、もうここから帰らなきゃいけないんだ)

まるでお祭りのあとのような、一抹の寂しさが私の胸に宿る。

「彩花、荷物の整理は終わった？」

荷作りが済んだのか、リビングに入ってきた佑哉さんが私の隣に腰を下ろした。微笑んで頷くと、彼も穏やかな笑みをくれる。

「楽しかったな」

「はい。私、南国のリゾートは初めてだったんですけど、こんなに素敵なところだったなんて知りませんでした」

「そうか。……また来たいな」

佑哉さんは何でもないように言うと、次第に色を変えていく海に視線を向ける。

(私も……もう一度来たい。佑哉さんと一緒に……)

けれど、そんな日はきっと二度と来ない。

甘い感情のあとに突きつけられる残酷な事実に、胸が締めつけられる。

(でも……ここでのことをずっと覚えていよう。苦しいことがあった時に、また立ち

上がるように)

この嘘が終わって彼と離れてしまっても、この胸に残る思い出だけは誰にも消せはしないから。

最後の夕食に出かけるために支度を整えて寝室を出ると、すでに着替えを済ませた佑哉さんが待っていた。

彼は白いシャツと紺のジャケット、それに細身の黒いパンツを合わせたシックな姿だ。

リゾートらしく、ノーネクタイで広めに開けられた襟元から男らしい喉仏が覗いているのを、もう見慣れたはずなのに何だか落ち着かない気持ちで見つめる。

「ごめんなさい。お待たせして」

私はソファに歩み寄ると、不安な気持ちで彼を見つめる。

金曜日の今夜は、ホテルのレストランでちょっとしたパーティが開かれる。

週に一度開かれるこの催しは、欧米の顧客が多いこのリゾート恒例のイベントだ。

リゾートだから堅苦しくはないが、パーティにはドレスコードも設定されている。

迷った末私が選んだ装いは、ごく軽い生地でできたシャーベットピンクのワンピースだ。

形は身体に沿ったマーメイドラインで、控えめに広がった裾のフリルが歩くたびにふわりと揺れる。

ノースリーブなので上にさらりとした肌触りのストールを羽織り、手にはビーズのクラッチバッグを持った。

以前友人の披露宴に出席する時用意したものだが、私の顔立ちや肌色にも合うので重宝している。

「彩花……いいね。すごく素敵だ」

「ありがとうございます。佑哉さんも素敵です」

「ありがとう。それじゃ、行こうか」

差し出された彼の手に、私は迷いなく手を預けた。


レストランに着くと、あらかじめ予約してあったのか窓際のふたり掛けの席に通された。

「わぁ、きれい……」

テーブルには小ぶりな花束が飾られ、テーブルコーディネイトも隣席とは違って甘い雰囲気だ。花束に添えられたカードに、佑哉さんが目を走らせる。

「支配人からだ。ハネムーン最後の夜をお楽しみくださいって。また是非家族で来てくださいって書いてある」

「え……」

「このリゾートには、ベビーシッターも常駐してますって」

家族でと言われ、偽装結婚の私たちには関係がないと分かっているのに顔が勝手に赤くなる。

隣の席に座っていた年配の外国人夫婦にも祝福をされ、自ずと周囲に温かいお祝いムードが漂った。

佑哉さんは周囲の人たちにそつなく笑顔で答えながら、おどけたように肩をすくめる。

「俺たち、かなり目立ってるな」

「そ、そうですね」

「彩花がきれいだからだな、きっと」

佑哉さんはそう言うと、どこか熱のこもった眼差しで私を見つめる。

「そうじゃありません。佑哉さんが素敵だから」

「いや……。気づかなかった？　さっきから男性の視線が君に集中している。俺は鼻高々だけど、今夜はそのストールは外さない方がいい」

佑哉さんは冗談とも真剣ともとれる表情でそう言うと、シャンパンが注がれたグラスを掲げる。

「乾杯しようか。君と俺のこれからに」

彼に促され、私も戸惑いながらグラスを掲げる。

細長いグラスに注がれたピンク色のシャンパンに、無数の気泡が輝きながら踊っていた。


フレンチのフルコースを心ゆくまで味わい、最後のデザートがテーブルに行きわたると、不意に室内の照明が暗く落とされた。

それまでクラシックを奏でていたピアノ演奏がムードのある曲調に変わり、レストランの中にさっきまでと違った喧騒が訪れる。

周囲を見渡すと、食事を終えた人たちが席を立ち、ホールの中ほどに集まっていくのが見えた。

手を繋いだ何組かのカップルの中には、顔見知りの人たちの姿もある。

物珍しい気持ちでその様子を眺める私に、佑哉さんが微笑みながら言った。

「ダンスタイムだ」

「えっ、ダンスですか」

「そうだ。海外ではよく見かけるな。人生を楽しむ人たちが多いから」

やがてピアノが世界中の人たちに知られている有名な楽曲を奏でると、その調べに合わせて、それぞれが身体を揺らしはじめた。

社交ダンスというほど大げさなものではなく、ただ音楽に合わせて思い思いに身体を揺らしているという感じだ。

決して優雅なダンスではないけれど、手を繋いで踊る人たちはみな満たされた笑顔を浮かべている。

見たこともない世界を目の当たりにし、私の心も高揚していく。

(みんな楽しそう。それに、こんな風に思いを確かめ合うなんて、すごく素敵)

手を繋ぎ、触れ合って――。

大好きな人と同じリズムで身体を揺らして互いの存在を確かめたら、きっととても幸せな気分になるだろう。

私は目の前にいる佑哉さんに視線を向けた。

佑哉さんはどこか思案気に、フロアで楽しそうに踊る人たちを見つめている。

その視線の先には、さっきまで隣に座っていた老夫婦の姿があった。

ご主人も奥さんも、とても楽しそうに手を取り合っている。

「あんな風に年を重ねても一緒にいられるなんて、すごいな」

「えっ」

「……いや。俺もいつか大切な人に、あんな穏やかな顔をさせたいなと思って」

佑哉さんは長い指で唇を撫でながら、遠くを見るように視線を彷徨わせている。

その少し寂しげな横顔に、ぎゅっと胸が締めつけられた。

(佑哉さん、もしかしてご両親のことを考えているのかな……)

年を経てもああやって手を繋ぎ合うことは、当たり前のようでいて奇跡のようなことだ。

佑哉さんも、私だってその大切さを身をもって知っている。

時々彼が見せる暗い翳《かげ》りの正体は、きっと自分の力ではどうしようもない運命に対する怒り。無力な自分に対する憤《いきどお》りなのだろう。

(佑哉さんの心が、少しでも軽くなればいいのに)

彼のために、私ができることがあればいいのに。

切ない気持ちで彼を見る私に佑哉さんの視線が不意に移った。

彼だけを見つめていた私の眼差しは、たやすく熱を帯びた黒い瞳に捕えられる。

不意打ちの強い視線に私のすべてが奪われた。

息をすることもできない。指先ひとつ動かせない。

黙って目を見開く私に、佑哉さんは何も言わなかった。

笑顔も浮かべず、肩をすくめたりもしない。賑やかな喧騒の中、ただ彼の瞳の中に私だけが映る時間が音もなく過ぎていく。

その事実に、泣きたいほどの喜びが身体中を満たした。

彼の瞳に自分が映る。たったそれだけのことが幸せで、切なくて。

視線ひとつで簡単に押し流されてしまう。これが恋というものなのだろうか。

「――?」

突然頭の上から日本語以外の言葉が落ちてきて、ふたりの間の緊張が解ける。

見ると私たちと同じ年頃の外国人の男女が、席のすぐそばに立っていた。

彼らは私たちに向かってしきりに何かを話しかけている。その身振りから、どうやらそれぞれ私と佑哉さんをダンスに誘っていることが窺える。

佑哉さんはやんわり断っているようだったが、何度かやり取りしているうち、業を煮やしたように席を立って私に手を差し伸べた。

「俺たちも踊ろう」

「えっ、でも私、ダンスなんて……」

「ここでは正式なステップなんて必要ない。ただ音楽に合わせて身体を揺らせばいいんだ」

佑哉さんとダンスなんて、私には絶対無理だ。

何度も拒んだものの、最後には強引に手を引かれてフロアの中央へ歩み出る。

私たちが参加すると譲り合うようにスペースが空き、ピアノの調べがロマンティックなものに変わった。

私も知っている古い映画の主題歌はスローなバラード。

周りの人たちはほぼ抱き合った状態で、ゆっくりと揺れている。

急に湿度の上がったフロアの真ん中で、私は身を硬くして佑哉さんと向き合った。

「彩花、首に手を回して」

「こ、こうですか」

「もっと近寄って、両手で俺の首に抱きつくような感じだ」

そう促され、ぎこちなく彼に手を回した。

恐る恐る彼の首に触れた私の手を、佑哉さんが強引にきつく絡ませる。

逞しい肩口に唇が触れ、心臓が痛いくらい高鳴った。

「彩花、力を抜いて。リラックスして音楽を楽しむんだ」

佑哉さんはそう耳元で囁くと、私の腰に両手を巻きつかせる。

ぐっと力を入れられ、ふたり向かい合わせで、抱き合うような格好になった。

覚えのある香りが身体全体を包み込み、私に顔を寄せる佑哉さんの息が、甘く耳を弄ぶ。

ざわりと皮膚が粟立ち、思わず力が抜けてしまった身体を彼の逞しい腕がぐっと抱き留めた。

「……いいね。とても上手だ」

彼の囁きが、蜜のように耳朶に響く。

五感のすべてを支配され、私はただなされるがままに彼に身を委ねた。

それから何曲かダンスを楽しみ、みんなに別れを告げてレストランをあとにした。

本館からコテージへ戻る途中、夜の海辺をふたりで散歩する。

ダンスで火照った身体に潮風が心地よい。私は月明かりに照らされた砂浜を、靴を脱いで歩く。

夜空には豊かに満ちた神秘的な月が浮かび、無数の星たちを従えて私たちを見下ろしている。

「彩花、足元に気をつけて」

私の少し後ろを歩く佑哉さんが、波と戯れる私に声を掛けた。彼に笑顔を返し、さらさらしたパウダーサンドの上を駆け出す。

夢のような彼とのダンスで、身体のあちこちが熱くなっていた。熱を冷ましたくて、私はわざと波の中に足を残す。

ざあっと音を立てて打ち寄せた波しぶきが、ワンピースの裾を濡らした。

「彩花、服が濡れる。それに足元が危ないから、波から離れて」

「大丈夫です！　冷たくて気持ちいい！」

佑哉さんの制止も聞かず、踊るように波と追いかけっこをする。

それに足を止めるのが何だか怖い。

今佑哉さんとふたりきりになったら、何かが崩れてしまいそうで。

胸が高揚して、何かが溢れ出しそうに疼く。

(こんな気持ちで静かに並んで歩くなんて、そんなの無理だ)

走り出して、止まらなくて。もう後戻りのできない扉を開けてしまいそうで。

「彩花、だめだ。少し止まって」

見兼ねたように走り寄った佑哉さんが、私の腕を強く掴んだ。

はっと顔を上げた先で、私を見つめる彼の双眸が、夜の闇に怪しく煌めく。

次の瞬間、さっきまでとは比べ物にならない大波が私たち目がけて打ち寄せた。

大きな波のエネルギーに浚《さら》われ、ふたり揃って頭から海水を浴びる。

「彩花!」

「きゃっ……」

波に浚われ、砂浜に叩きつけられそうになったところを佑哉さんの力強い腕に抱かれて繋ぎとめられ、砂浜に膝をついた。

ふたりとも頭からびしょ濡れになってしまい、さっきまでの熱が一気に冷める。

目の前では呆気にとられた表情の佑哉さんが、目を見開いて私を見つめている。

私のワンピースも、彼のジャケットやシャツもすっかり濡れてしまった。

私たちの濡れた全身を、月が明るく照らしている。

「自分で髪を切ろうとした時にも思ったんだが、君は時々とても大胆なことをするんだな」

佑哉さんは呆れたように言うと、顔にぺったりと張りついてしまった私の髪をかき上げる。

彼の指が頬や耳を伝い、やがて彼の両手が私の顔を包み込んだ。

私は抗うこともせず、ただ黙って彼を受け入れる。

「彩花……」

熱を帯びた黒い瞳が、ゆっくりと私の身体をなぞった。

顔の輪郭から首筋、そしてワンピースの薄い布が張りついた胸からウエストへと視線が移動すると、そのあとを追うように彼の指が同じ線を辿る。

さっきまでの熱はもう冷めたはずなのに、身体が、心が燃えるように熱くなっていく。

やがて彼の瞳が正面から私を捉えた。

私は瞬きもせず、彼を見つめる。

何かを伝えたいのに、言葉が出てこない。

彼の背後に浮かぶ月が、目に見えない糸で私の心を幾重にも搦《から》め捕《と》る。

「佑哉さ……」

ようやく吐き出した言葉が塞がれた。

彼の熱い唇が重なり、唇ごと食べられるみたいに貪られる。

あの夜、公園で交わしたキスとはまるで違う、奪い合うような本能のキス。

私たちは飢えた獣みたいに、互いを求め合う。

さっきより大きな波が私たちに打ち寄せたけれど、吸いつくように重なった唇は離れない。

ただ、髪も服も……みんな濡れて、何が何だか分からなくなった。

「彩花……彩花」

繰り返されるキスの合い間に、うわごとのように繰り返される彼の焦れた囁きが、私の鼓膜を甘く揺らした。

コテージへ戻り、佑哉さんに手を引かれて、バスルームへなだれ込んだ。

彼はシャワーのカランを倒し、熱い温水で室内を満たす。

キスをして、濡れた服を剥ぎ取られながらまたキスをして——堰を切ったように続く彼のキスの嵐が止まらない。

柔らかく噛んで、舌を絡めて。どこか獰猛な匂いのするキスに、胸の鼓動があっという間に速くなる。

こんなキスは初めてなのに、もっと欲しくて、離れがたくて、唇が離れたわずかな隙間にも、彼の唇を探した。

搦め捕られるような口づけは、経験したことのない快感を連れてくる。

初めての刺激に身体から力が抜け、立っていられない。

縋りつくように彼に手を伸ばすと、いつの間にか自らも服を脱ぎ捨てた彼が私の身体を抱き上げてベッドルームへと運んだ。

大きなベッドに横たえられ薔薇の花びらに埋もれると、あとを追うように膝をついた佑哉さんが私に覆いかぶさってまたキスを落とす。

飽きるほど唇を食べられたら、今度は頬や額、耳から首筋へとキスの雨が降ってきた。

指先から手首、腕の内側……数えきないほど唇を落とされ、身体中触れられていない場所はもうどこにもないほど、執拗な愛撫が続く。

思わず漏れる甘い声が、しなる背中が彼を煽る。

彼の指先に、唇や舌に、ありとあらゆる場所をたっぷりと甘やかされ、身体の隅々まで瑞々しく潤っていく。

自分自身すら触れたことのない深い場所を丹念に愛され、濡らされて、私の知らない私自身が彼にゆっくりとすべてを拓いていく。

心が、身体中が蕩けて、もう佑哉さんのことしか考えられなくなった。

皮膚が敏感になり、肩にかかる彼の吐息ですら身体の奥深くから甘い蜜を湧き上がらせる。

「ゆうや、さ……ゆ……」

熱に浮かされる心が、身体がどうしようもなく切ない。

急速に高まっていく未知の感覚が怖くて、私は彼の名を呼んだ。何度も、何度も。

「彩花……好きだ」

うわごとのように繰り返しながら、止まらない彼の唇に翻弄される。

これ以上続けたら、心臓が破裂してしまうかもしれない。

いやいやをするように首を振る私を、佑哉さんが強く抱き締める。

「や……だ。こわ……い」

自分がどうなってしまうのか分からない。

今まで知らなかった激しい感情が、私を変えてしまうのが怖い。

何よりもそんな私を、彼に知られてしまうのが怖いのだ。

すると、ゆらりと身体を起こした佑哉さんが、私の手を取り、そっと自分の胸に当てた。

私を見つめるまっすぐな瞳に、思わず息が止まる。

彼の胸に触れた手のひらから、どくどくと波打つ心臓の鼓動がはっきりと伝わってくる。

「俺だって……同じだ。怖いよ。彩花に触れるのが」

彼はそう言うと、胸に当てていた私の手に頬を寄せる。

手のひらに、彼の温かな体温が伝わった。

温かな身体。身体を流れる熱い血。

そのどれもを、お互いが欲している。

「だけど欲しいんだ。彩花のすべてが」

呟いた彼の瞳が、静かに私を映した。

切なげな眼差しが、唇が、何もかもが愛しい。

手を伸ばし、頬に触れる。

そして心からの気持ちを、彼に伝えた。

「私も佑哉さんが——あなたが欲しい」

そう告げた唇は、また彼の熱いキスで奪われていく。

自分の本当の気持ちを知られるのが怖かった。

たった一度の偶然の出会いを、宝物のような小さな恋を笑い飛ばされるのが怖かったのだ。

けれどそんなちっぽけな自分すら、大きく膨らんだ彼への想いが押し流してしまう。

私のすべてを拓いて、彼のすべてを受け入れるために。

密やかな恋を、成就させるために。

「彩花……」

やがて急くような彼の情熱が、指先から流れ込んできた。

ゆっくりと隅々を満たし、私の中に沈んでいく。

何もかもがぴったりと重なり、与え合って、足りないものが満たされていく。

まるであらかじめ決められていたことのように。

ようやく時が満ちた、今夜の月のように。

「彩花」

浅い息を繰り返す私に、彼がそっと口づける。

「――愛してる」

密やかに呟かれた言葉に、まなじりをひとすじ、涙が伝う。

「……彩花？」

何も答えられず、私は彼の背中に手を回して、ありったけの力でその熱い身体を抱き締める。

天上に浮かぶ完璧な月が、彼と私を優しく照らしていた。

偽装結婚で懐妊しました

私と佑哉さんの偽の披露宴から約一か月が経った。

私は当初の予定通り佑哉さんの住むマンションに引っ越し、そこから会社に通っている。

しかし実際には、当初の予定とは大幅に違っていることがたくさんあった。


「彩花……起きてる？　そろそろ支度しないと会社に遅れるぞ」

月曜日の朝、サラサラと髪を梳かれる心地よい感触で目が覚めた。

ハッと我に返ると、目の前にはすでに着替えを済ませた佑哉さんがいる。

慌てて身体を起こして時間を確認すると、もう六時半を過ぎていた。

「あ……ごめんなさい。私、寝過ごしちゃって……」

「いや、よく眠っていたから、わざと起こさなかったんだ。環境も変わったし、疲れが溜まってるんだろう」

「でも、今日は月に一度の役員会議の日でしょう？　社長は今日お休みされるから、佑哉さんは早く出社して、城之園さんと打ち合わせをしないといけないんじゃないですか？」

私がそう言うと、佑哉さんはにっこり笑ってベッドの脇に腰かけ、私の背中に手を回す。

起き抜けの身体に与えられる過度なスキンシップに、鼓動がドキリと跳ね上がった。

「大丈夫だ。資料はもう手元にあるし、今日の議題に関することは、今朝早くに担当部署から転送されてきてる。それより、早くおいで。朝食にしよう」

佑哉さんはそう言うと、私のこめかみにちゅ、と唇を押しつける。

私が顔を赤くすると、彼は満足気にそれを確認し——「コーヒーを淹れてくる」と先に寝室から出て行ってしまった。

ひとり広いベッドに残され、私は呆然としながら頬をさする。

モルディブのあの満月の一夜から、私と佑哉さんの偽装結婚は当初の予定とはまるで変わってしまった。

偽装の関係なのに、まるで本物の夫婦のように過ごすようになってしまったのだ。

あの夜のことは、今でも後悔はしていない。

お互いを求め合ったあの夜の気持ちに、何ひとつ偽りはなかった。

けれど帰国してからの私たちの関係については、少し困惑している。

例えば今朝だってそうだ。

彼はもともと家事をする人ではない。けれど私と暮らすようになってから数人いたお手伝いさんたちをすべて断ってしまい、『彩花も仕事をしているんだから、手伝うのは当たり前だ』と料理や洗濯を進んでやってくれるようになった。

今日も体調が優れない私に代わって朝ごはんを用意し、ぎりぎりまで寝かせておいてくれる。

仕事帰りにはスイーツを買ってきてくれたり、時には花束をプレゼントしてくれたり、料理を作れば一緒にキッチンに立ってくれる。

休みの日にはふたりで買い物に出たり、はたまた部屋で一緒に映画をみたりと、世間でイメージされる『理想の旦那さま』という言葉がぴったり当てはまるスパダリぶりだ。

それに最近の佑哉さんは、結婚して雰囲気が変わったと社内でも噂だ。

みんなが言う通り、確かに佑哉さんは以前とは違っている。

私との偽装結婚をカモフラージュするためにオフィスで一緒にランチをとったり、

帰りを待ったりと新婚夫婦らしい振る舞いをすることはまだ分かるが、こうしてふたりきりでいる時にも甘い新婚生活が続くのだから、こちらとしては身が持たない。

(佑哉さんが優しくしてくれるのは嬉しいけど……ちょっと困る)

私には、彼の本当の気持ちが分からなかった。

もちろん私に対して、偽装結婚の共犯者という意識はあるだろう。

不用意に身体を重ねてしまったことにも、責任を感じているのかもしれない。

でも、あの夜のことは彼ひとりの責任ではないのだ。

私だって彼を欲していた。心の底から……。

「起きて支度しなきゃ……」

私は気だるい身体を引きずり、寝室の隣にあるクローゼットルームに移動してスーツに手を伸ばす。

もともと寝室は別々のはずだったが、新婚旅行から帰って実家に一泊して戻ってくると、何故かこの部屋に私の荷物が移されていた。

『こっちの部屋の方が快適だから』と彼は言うが、本当の理由はおそらくベッドでのことだろう。

私は着替えを済ませると、化粧をするためにドレッサーの前に座った。

鏡に映った自分の顔はどこか頼りなく、それでいて以前の私とはまるで違う。

最近は実家の母や会社の同僚たちにも『顔が変わった』と言われることが多くなった。

『結婚してきれいになった』

『愛されると女性はきれいになるから』

そうあからさまに言う人たちもいるが、本当だろうかと思う。

(本当に変わった？　私は愛されているわけじゃないのに)

フッとため息をつき、私は手早く身支度を整える。

帰国してからも、私と佑哉さんの関係は続いていた。

もっとはっきり言えば、ベッドでのことだ。

私は今も佑哉さんと身体を重ねている。それも毎夜、求められるがままに。

脳裏に昨夜彼から与えられた濃密な交わりが浮かび上がり、思わず鏡の中の自分から目を逸らす。

こんなこと、もし誰かに知られたら軽蔑されてしまうだろう。

愛のない情事。身体だけの関係。

そんなものに自分が溺れるとは思ってもみなかったが、どうしても彼との関係をやめることができない。

恋する相手に抱かれるという甘美な果実を、どうしても拒むことができないのだ。

たとえ佑哉さんが、私を愛していないとしても。

(こういうの、ふしだらっていうのかな……)

脳裏に浮かぶ背徳感を振り払いながら、私は彼と過ごす夜に思いを馳せる。

私に触れる彼の手は、最初はいつも壊れ物を扱うように繊細で慎重だ。

けれど一旦感情の箍《たが》が外れてしまうと、その手はまるで獣のように荒々しく情熱的に変わる。

貪るようなキスも、快楽の芽を息吹かせる指も、彼しか見えなくなるまで私を追いたてては陥落させ、崩れ落ちてはまた高められる。

突き上げらて、揺れ堕ちて、彼と重なり合って長い夜を超える。

今まで知らなかった様々な感情を刻み込まれ、爪の先まで彼の色に染められていく。

切なさも、悦楽も、痛みも。彼に与えられるものなら、何だって嬉しいのだ。

指先が触れるだけで、たったひとつのキスだけで、たちまち溢れるほどの喜びが身体中を駆け抜ける。

だから、こうなったことに後悔はない。

(でも……)

ひやりとした冷気を肌に感じ、私は自分の身体を抱き締めた。

ひとりになると時々怖くなるのだ。

自分が彼に愛されていると、錯覚してしまいそうで。

「だめだよ、勘違いしちゃ」

鏡の中の自分に向かって、私はもう一度自分を戒《いまし》める。

佑哉さんにとって、私はただの偽装結婚の相手だ。

私を抱くのは男性の本能から。きっとそれ以外の理由はない。

社長の病状が落ち着けばこの偽装結婚を解消し、またただの他人に戻る。

期限の決まっている、まやかしの関係だ。

(だけどその日が来るまでは……やっぱり佑哉さんと一緒にいたい)

彼と過ごす日々を大切にしたいと思う。

たとえいつか終わりが来る関係でも。

「それで十分でしょ。……しっかりしなきゃ」

鏡に映る自分に笑顔を返し、私は佑哉さんの待つダイニングへと向かった。

扉を開けると、ダイニングには香ばしいコーヒーの香りが漂っていた。

佑哉さんは私の姿を見るなり、サッと立ち上がってカップにコーヒーを注いでくれる。

テーブルにはすでに朝食の用意が整っていた。

籠に盛りつけられたクロワッサンやサラダ、ベーコンエッグにフルーツなど、どれも食材や食器の色彩なども考慮した、思わず写真に収めたいほどのテーブルコーディネイトだ。

(佑哉さん、本当にお料理が上手になったな)

そう思いながら席に着こうとすると、さりげなく椅子を引いてくれる。

微笑みを返しながら席に座ると、今度は冷蔵庫で冷やしておいたフレッシュオレンジジュースをグラスに注いでくれる。

あまりに至れり尽くせりな彼の対応に、思わず笑みが零れる。

「ありがとうございます」

「どう致しまして」

この部屋で暮らすようになってからの佑哉さんは、いつもこんな調子だ。

甘くて優しい、絵に描いたような新婚の旦那さま。

「いただきます」と手を合わせる彼と一緒に手を合わせ、クロワッサンに手を伸ばす。

香ばしいパンの香りが、また鼻先に漂った。

「佑哉さん、このクロワッサン、もしかして焼き立てですか」

「今朝は早く目が覚めたから、ランニングのついでに寄っただけだ。……彩花、昨日はあまり夕食を食べなかっただろう？　あの店のクロワッサンなら、きっと食べると思って」

「佑哉さん……」

つい最近、佑哉さんとお散歩中に見つけたパティスリーは、一度カフェを利用した時にパンの美味しさにも感動し、それ以来私たちのお気に入りとなった。

中でもクロワッサンは絶品だ。

何層にも折り重なった生地とバターの風味が素晴らしく、軽く歯を立てるだけでサクサクと小気味よい音がする。

形も他の店とは違った特徴的な三日月型をしていて、見た目にもとても可愛らしい。

だから私は、ここでパンを買う時には必ずクロワッサンを買うと決めている。

買えばいつも二、三個はぺろりと食べてしまうので、時には大人買いと称してたくさん買うこともあった。

佑哉さんはきっと、最近食欲がなかった私のためにわざわざ買ってきてくれたのだろう。

彼の優しい気遣いに、切ないほど胸がキュンとする。

「あの、佑哉さん、ありがとうございます」

「いいから、早く、食べよう」

「はい。じゃあいただきます！」

もう一度元気よく手を合わせると、さっそくクロワッサンを手に取る。

けれど大きな口を開けてぱくりと齧《かじ》った瞬間、突然突き上げるような強い吐き気を感じて口元を手で覆った。

「彩花、どうかしたのか？」

心配そうに私を見つめる佑哉さんに応えることもできず、キッチンの流し台へと急いで駆け寄る。

水を流しながら嘔吐していると、佑哉さんが背中をさすってくれた。

こんな醜態を彼に見られるのが恥ずかしくて、思わず涙が込み上げる。

胃の中の物を出してしまうと少しだけ吐き気は収まったが、まだ胸の不快感は取れない。

それに身体中に冷や汗が吹き出し、指先が冷たくなっていくのを感じた。

「彩花、大丈夫？」

「ごめんなさい。私……」

せっかく用意してもらった朝食を台なしにしてしまった。

その上、いくら間に合わなかったとはいえ彼の前で……。

情けなさと恥ずかしさでさらに涙が溢れ、呼吸が乱れたせいか頭がぼうっとする。

ひとりで立っていられなくなり、倒れそうになった身体を佑哉さんに抱き留められた。

「彩花、首に掴まって」

佑哉さんは自分の首に私の腕を巻きつけ、横抱きにして寝室へ連れて行く。そして
そっとベッドに下ろすと、その傍らに腰かけた。

「彩花、今日は会社を休んだ方がいい。俺が連絡しておく」

「でも……」

「いいから言うことを聞くんだ」

佑哉さんは強い口調でそう言うと、乱れて顔に掛かった髪を、そっとかき上げてく

れる。

「今日、彩花のお母さんはお仕事かな」

「いいえ。たぶん家にいると思います」

「それなら申し訳ないが、お母さんに来てもらおう。病院に行った方がいい。ごめん、本当なら俺が付き添うべきなのに……」

今朝の役員会議には、審議しなくてはならない案件が複数ある。

今週は社長が検査入院でいないため、すべての采配を佑哉さんがしなくてはならない。

急速に進められている社長からの業務の引き継ぎに加え、たったひとりの家族である社長の病状にも配慮せねばならない。

最近の佑哉さんの多忙ぶりは、見ているこちらが心配になってしまうほどだ。

なのに私のせいで迷惑をかけてしまった。

申し訳なさで、胸が詰まる。

「まだ辛い？」

唇を噛み締めた私に気づき、佑哉さんが私を覗き込んだ。

小さく首を振ると、心配そうに私を見つめながら長い指の背で頬を撫でてくれる。

その優しさに甘え、私はそっと彼の指に触れた。

どちらからともなく引き寄せられ、互いの指がきつく絡みつく。

「……ごめん。俺のせいだ」

「そんな……佑哉さんのせいじゃありません」

「いや、この一か月、君に無理をさせ過ぎた。君がいつも笑っていてくれるから、油断してしまったんだ」

苦しげに細めた眼差しが向けられ、私の胸も苦しくなる。

いつも笑っていたのは楽しかったからだ。無理なんて少しもしていない。

(佑哉さんと一緒ならどんな時も楽しいって、本当の気持ちが言えればいいのに)

「朝ごはん、せっかく用意してもらったのに……本当にごめんなさい」

「馬鹿だな。そんなこと気にするな」

「でも……私、食べたかった」

「それなら、今度はもっと豪華な飯を作ってやる」

佑哉さんが私に顔を近づける。

魅惑的な漆黒の眼差し。甘やかな声。私が彼の本当の奥さんなら、どんなに幸せだろう。

「元気になったら、またあのパティスリーで朝食を食べよう。だから早く元気になれ」

優しい彼の声に、私は黙って頷くことしかできなかった。

吐き気が少し収まったので、心配する佑哉さんを何とか会社へ送り出した。

そのまま午前中をベッドで過ごし、お昼を過ぎた頃にようやく起き出す。

朝食の準備はすっかり片づけられ、テーブルには〝冷蔵庫のもの、食べられるようなら食べて〟というメモが一枚置かれていた。

書かれた内容の通り、冷蔵庫の中には今朝準備してもらった朝食がそのまま並べられている。

少し考えてフレッシュオレンジジュースを手に取ると、テーブルに座って恐る恐る口に含んだ。

果肉が残るジュースは思いの外美味しく感じられ、グラスの半分ほどを一気に飲んでしまう。

（もしかして、もう治った？）

他の物も食べられるかもと思い、私は好物のクロワッサンに手を伸ばす。

けれど、口に運ぼうとするだけで、また吐き気を催してしまった。

(やっぱり、病院に行った方がいいか……)

佑哉さんに言われたように母に連絡しようかとも思ったけれど、心配をさせるだけだと考え直す。

今日はお休みも貰ったことだし、やっぱり病院へ行こう。そう決めると、スマートフォンで近くの病院を探してみる。

最寄り駅を入力して検索すると、ランダムに様々な診療科の医院がヒットした。

見ると、内科だけでも数えきれないほど並んでいるのが目に入る。

思ったよりも多い病院の数に驚きつつ、歩いて行ける病院を探す。

複数の診療科を持つ病院も多く、できれば消化器科もある方がいいと画面をタップしていると、ふと〝産婦人科〟という文字が目に入った。

その瞬間、胸がざわざわと音を立てる。

この症状に当てはまるもうひとつの可能性に気づき、ハッと息が止まった。

(今月、まだ生理が来ていない……)

普段から周期はそんなに正確ではないけれど、遅れるとしてもせいぜい一週間程度。

月が飛んだりという大きな不順は、今まで経験したことがない。

私は慌ててスマートフォンを操作し、スケジュール画面を開いた。

確認すると、前回の生理から今日で一週間ほど遅れている計算になる。

（まさか……）

心臓の鼓動が、やけに大きく耳に響く。

この数日は確かに身体がだるく、食欲もなかった。でもだからと言って、そうだと決まったわけではない。それらはすべて、風邪の典型的な症状でもあるからだ。

（とにかく、ドラッグストアに行こう）

波立つ胸を押さえながら、私はバッグを手に部屋を飛び出した。


マンションのすぐ横にあるドラッグストアに直行し、目についた妊娠検査薬を取ってレジへ向かった。

淡々と支払いをし、すぐに部屋に戻る。

リビングで箱に書かれた説明書きを確認すると、検査ができるのは生理予定日から一週間後だと分かった。今はすでに検査ができる状態だ。

痛いほどの速さで鼓動を刻む心臓を誤魔化しながらトイレに向かい、おぼつかない手つきで箱を開封した。

検査はとても簡単だった。そして、あっけないほど一瞬で結果を返す。

結果は、陽性。

妊娠を示す二重線が、くっきりと窓に浮き出ている。

呆然としながらスティックを箱にしまい、厳重に紙袋に入れて人目につかない場所へ隠す。

リビングのソファに身体を投げ出し、しばらくの間何も考えることができなかった。

(……いるんだ。ここに)

どこか不思議な気持ちでお腹に手を当てる。

命が宿っている。ここに、私と佑哉さんの赤ちゃんがいる。

やっとそう実感したところで、不意に涙が溢れた。

嬉しいと、純粋に思ったのだ。

嬉しい。大好きな佑哉さんとの間に、命を授かったことが。

けれど同時に、同じくらいの大きさで不安が心に伸し掛かる。

いくら夫婦の真似事をしていると言っても、私たちは本当の夫婦ではない。

所詮は社長を安心させるためのただの偽装結婚。偽物の関係なのだ。

子供ができたからと言って、簡単に家族になれるわけじゃない。

愛し愛されて母になった幸福な女性たちと私は違うのだ。

惨めな現実を実感し、胸がみるみるしぼんでいく。

（……佑哉さんは、どう思うだろう？）

いやそれ以前に、この子の存在を受け入れてくれるだろうか。

不安な気持ちに押しつぶされそうになりながらも、私は自分の中に芽生えた小さな命を確かめるように、そっとお腹に手を当てた。


検索した中から評判のいい産婦人科を選び、午後の診察に合わせてマンションの下からタクシーに乗った。

十分ほどで病院に着き、受付で自宅での検査の結果を伝えて問診票を受け取る。

問診票には〝出産を希望しますか〟という項目や、パートナーについての項目もあり、改めて簡単なことではないのだと実感させられる。

「松岡さん、松岡彩花さん、どうぞ」

まだ聞き慣れない名前を呼ばれて診察室に入ると、五十代くらいの女性医師が迎え入れてくれる。

問診票を確認しながらの問診が始まり、普段の月経状態や最後の生理の時期などを詳しく聞かれたあと、内診台へと案内された。

会社の健康診断に婦人科検診をオプションとしてつけているから内診は初めてではないけれど、何度受けても慣れることができない。

今回はただの婦人科検診ではないから、なおさらだ。

「松岡さん、この黒い袋の中にいるのが赤ちゃん。見えますか？」

器具を入れられてギュッと手を握り締めていた私に、先生がカーテンの向こうから声を掛ける。

頭のすぐ横にあるモニターには、黒い袋の中で白い光が点滅している様子が映し出されていた。

「今動いているのが赤ちゃんの心臓。拍動しているのがはっきり分かるでしょう？」

先生の言葉に、もう一度目を凝らしてモニターを見つめる。

小さな白い輪の先端に小さな粒のようなものが見え、その部分が力強く動いているのが分かる。

（これが赤ちゃんの心臓……）

揺らぐことなく打ち続ける鼓動に自分の中の命を実感し、胸がいっぱいになる。

思わず涙が溢れて、慌てて指で拭った。

エコー検査を終えて再び診察室の椅子に座ると、改めて先生が伝えてくれる。

「今は六週目、二か月の半ばですね」

小さなエコー写真を手渡しながら、先生は私に向かって優しく微笑んでくれる。

「おめでとうございます」

「ありがとうございます」

嬉しさと愛おしさがない交ぜになった感情で、私はエコー写真に写ったわが子をそっと指先で撫でる。

「体調はどうですか？　つわりはどう？」

「実は数日前からあまり食べられなくて。今朝は少し戻してしまいました」

「今は食べられるものだけ食べていれば大丈夫。でも水分はしっかりとってね」

先生はそう言うと、私の方に椅子を向ける。

「つわりは個人差が大きいの。でも三か月目くらいまでで落ち着く人が多いから、あまり心配しないで。なるべくリラックスして過ごしてね」

「はい。……でも私、何も分からなくて。こんな状態で本当に無事に赤ちゃんを産めるのかが心配で」

優しい先生の言葉に、つい弱音を吐いてしまう。

すると先生は、包み込むような笑顔を浮かべて、私を見つめた。

「大丈夫よ。みんな最初は不安でいっぱいだけど、赤ちゃんと一緒に少しずつお母さんになっていくの。だから松岡さんも、赤ちゃんと一緒に頑張りましょうね」

温かい励ましの言葉に、弱っていた心が勇気づけられる。

優しい笑顔に見送られ、私は少しだけホッとして診察室をあとにした。


マンションに戻ったのは、午後七時を過ぎた頃だった。

病院ではそんなに体調の悪さは感じなかったが、リビングに足を踏み入れた途端に気が緩んだのか、また強い吐き気が襲ってくる。

トイレに駆け込んだり、ソファに横たわったりを繰り返していると、玄関でインターフォンが鳴り、続いてリビングに佑哉さんが入ってきた。

佑哉さんはソファにぐったりと横たわる私を見ると、駆け寄って膝をつく。

「大丈夫か。……何度電話しても出ないから、まだ調子が悪いんだろうと思っていたんだが」

「すみません。電話、確認できてなくて」

「病院には？　お母さんには連絡したの？」

佑哉さんは上着を脱いでソファに座ると、膝の上に私の頭を乗せる。

突然の膝枕にドキリとしてしまったけれど、今は彼のぬくもりが心強い。

「あの……私ひとりで大丈夫だったので……母には連絡してません」

「また無理をして……。何かあったらどうするんだ」

佑哉さんは怒ったように言ったけれど、口調とは裏腹にその眼差しは優しいままだ。

私を心配してくれているのだと気づき、心がホッと温かくなる。

と同時に、彼が今日の大切な会議を無事に終えることができたのかも気にかかった。

「役員会議は無事に終わりましたか？」

「ああ。何の問題もなくすべての案件の承認が済んだ。あとは来月の社長就任を上手く乗りきれれば、少し落ち着けるな」

「そうですか。……よかった」

そう言って微笑むと、佑哉さんがそっと頭を撫でてくれる。

「彩花が万全の準備をしてくれていたから助かったと、城之園さんが褒めてたぞ」

「城之園さんが？」

「ああ。引き継ぎ資料も簡潔で分かりやすいと大絶賛だった」

城之園さんとは三年前秘書室へ異動してきてから初めて関わるようになったが、経験の浅い私は彼女にダメ出しされてばかりだった。

それに分不相応の社長秘書への抜擢に、当初社長秘書の最有力候補だった城之園さんもわだかまりを感じているのではと、密かに気にかかっていたのだ。

もちろん実力も人格も兼ね備えた彼女は、誰に対しても軽はずみな誹謗中傷をしたりはしない。

けれど私に対して厳しい物言いをすることが多いので、きっと私のことを嫌っているのだろうと思い込んでいた。

「城之園さんははっきりものを言うけど、感情で動くタイプじゃない。だから今まで君に厳しいことを言ってきたのは、純粋に君を優秀な社長秘書に育てたかったからじゃないかな」

私の心を読んだかのような言葉に、一瞬戸惑う。

（どうして私の気持ちが分かったの……？）

不思議に思って見上げると、真上から覗き込んでいる彼と目が合う。

優しい眼差しに見下ろされ、それだけで幸福な気持ちに包み込まれた。

見つめられるだけで幸せだなんて、私はいったいどれだけ佑哉さんのことが好きなんだろう。

「城之園さんは五年前父に頼まれて俺の秘書になったんだ。俺に一から会社や業界のことを叩き込んで欲しいって頼まれたらしい。同じ時期に父の秘書を務めていた人がご主人の転勤で退職して、本当だったら城之園さんが父の秘書になるはずだったんだけどね。だから二年間くらいは秘書室長が父の秘書を兼任してたな。まぁ分かりやすく言えば、俺が父から彼女を横取りしたって形だ」

「そうだったんですね」

「ああ。だから彩花が社長秘書に抜擢されたのは、元はと言えば俺のせい」

なるほど、それなら長年不思議に思っていた私の大抜擢も頷ける。

続いて、気になっていた今日のオフィスの様子を確かめようとしたら、佑哉さんが苦笑しながら人差し指を私の唇に当てた。

「あんまりたくさんしゃべるとまた具合が悪くなるぞ。もう寝室へ行こう」

佑哉さんは私を抱き上げると寝室まで運び、そっとベッドに横たえた。

そして自らも私の傍らに横になり、腕枕で私を抱き寄せる。

「彩花、それで病院では何て言われたんだ」

佑哉さんは私の顔を見ながらそう呟くと、私の手に指を絡める。

何かを探るような深い眼差しに、心臓がドキリと跳ね上がった。

「あの、それは……」

(どうしよう。何て言ったらいいの?)

お腹の赤ちゃんの父親は佑哉さんだ。

赤ちゃんのためにも、彼に真実を伝えなくてはならないことは重々分かっている。

けれど、言葉が上手く出てこない。

彼に妊娠したことを咎められたら……と、真実を伝える勇気がどうしても出てこない。

「あの……っ、疲れたんだろうって。……少しゆっくりすれば、治るそうです」

しどろもどろになりながらようやくそう伝えると、佑哉さんの顔に落胆とも安堵ともとれる複雑な表情が浮かんだ。

しかしすぐに穏やかな顔つきに戻ると、私の身体をふわりと包み込む。

宝物を扱うような優しい仕草に、胸が痛いほど締めつけられた。

「確かにここ数か月、大変な目にあわせたからな。疲れるのは当たり前だ。彩花、俺の我儘を聞いてくれて本当にありがとう」

「佑哉さん……」

「病院で言われた通りしばらくゆっくり休むんだ。たとえ体調が戻っても、あと二日は仕事は休め。これは未来の社長命令だ」

彼の唇がそっと近づき、触れるだけのキスをくれる。そして「お休み」と告げ、ベッドから下りて部屋を出て行く。

私はその後姿を、黙って見送ることしかできなかった。

どんな君でも愛おしい

妊娠が発覚してから三日ほど経つと、少しだけ体調を戻すことができた。

つわりは相変わらず収まることはなかったが、食べやすいものやどうすれば吐き気をやり過ごすことができるかが次第に分かるようになり、何とか日常生活もこなせるようになった。

産婦人科の先生も言っていたが、ひと口に妊娠と言っても人によって事情は様々だ。

私の場合は、まったく食べないでいるとますます吐き気がひどくなる。

ご飯やパン、洋菓子や肉類はだめだが、今のところ柑橘系のフルーツは食べられる。

口当たりのいいゼリーや冷えたおにぎりなどもほぼ大丈夫で、マンション近くのコンビニで買っていたら、それを見た佑哉さんがたくさん買ってきてくれた。

今朝も少量のフルーツで朝食をとり、休んだ方がいいと渋る佑哉さんを説き伏せて彼と一緒に出社した。

オフィスに入ると、緊張感からか自然に背筋が伸びる。

それだけで気持ちがしゃんとし、胸の不快感も少し収まる気がする。

気を引き締めてロッカーで身支度を整え、社長室に入ると、社長が笑顔で出迎えてくれた。

久しぶりに会えたことが嬉しくて、私は笑顔で歩み寄る。

「おはようございます。社長、ご迷惑をおかけして申し訳ありませんでした」

「おはよう。彩花さん、本当にもう大丈夫なのか？　無理をしなくていいんだぞ」

「いえ、もう大丈夫です。それより社長はお加減いかがですか」

昨夜佑哉さんに聞いたばかりなのだが、社長の病状はあまりよくないらしい。

本来ならすぐにでも入院しなくてはならない状態なのだから当たり前のことだが、ドクターからも早く治療を始めるよう指示されているそうだ。

確かに顔色も悪く、以前の彼に感じられた覇気はどこにも見当たらない。

父親のように親しみを持っていた彼が弱っていく姿を、胸が潰れるような気持ちで見つめる。

「社長、あの……」

治療を受けて欲しい。元気になって欲しい。……生きて欲しい。

思わずそんな本音が口をつきそうになるが、どうしても言い出すことができない。

社長の心には、亡くなった佑哉さんのお母さんへの気持ちがある。

社長はお母さんの病気に気づけなかった自分を、ずっと責め続けているそうだ。たくさんの人を助ける治療薬を作っている自分が、たったひとりの大切な人を救えなかった。

あまりにも苦い後悔が、治療を受けることを拒否させるのだろう。

大切な人を失った辛い記憶は、どんなに時を重ねても消えることはないのだ。

やりきれない思いに口をつぐむと、社長は何もかもを見透かすような澄んだ瞳で、私を見つめた。

「彩花さん、佑哉はちゃんとやってるのかな？」

「えっ」

「いや、ちゃんと君の旦那さんをやっているのかと、少し心配になって」

社長は穏やかに微笑んで私にソファを勧めると、自分も腰を下ろした。

薄い朝の光が、社長室に静かに降り注ぐ。

「私の父は早くに亡くなってね。今の佑哉ぐらいの歳で会社を継いだんだが、当時はまだ何もできない若造で、並み居る役員たちに馬鹿にされまいと必死だった」

社長はそう言うと、窓の外に視線を移す。

「若造は若造なりに意地があったんだろうな。がむしゃらに会社に尽くしたよ。代々受け継いだ会社を潰すわけにも、人手に渡すわけにもいかなかったからね。その甲斐あって会社は発展を遂げた。でもその間、私はまったく妻と佑哉を顧みることができなかった。会社を生かす代わりに、家族を犠牲にしたんだ」

「社長……」

「情けない話だ。人の命を救うものを作っているのに、本当に大切な人の命は助けられなかった。だから佑哉には、私のような経営者になって欲しくない」

社長は再び私に視線を戻すと、優しく笑った。

「佑哉は私に似て少し不器用なところがあってね。特に大切に思っている人には自分の感情を伝えるのが苦手だ。だから彩花さんにもきっと迷惑をかけてしまうだろうが、大目に見てやって欲しい。もし何か行き違いがあったら、その時は彩花さんの気持ちをちゃんと伝えてやって欲しいんだ。手遅れにならないうちにね」

社長の深い眼差しが私に注がれる。

愛に不器用な社長の心を知り、そして佑哉さんを想った。

社長が話してくれたように、大切な人を守れる人に、私もなりたい。

（大切な人。私にとって大切な人は……）

無意識に手がそっとお腹に触れる。

朝のきれいな光の中で、社長の笑顔が私の胸に焼きついた。


その日は何とかつわりをやり過ごして仕事をこなし、早目にマンションに帰宅した。

仕事に集中している時にはあまり感じなかったが、部屋に一歩足を踏み入れると、途端に吐き気が襲ってくる。

慌てて冷蔵庫に入れてあったカットフルーツを少しお腹に入れ、服を着替えてリビングに戻る。

するとそのタイミングでスマートフォンが鳴った。

(えっ……お母さん!?)

慌てて電話に出ると、母は近くまで来たついでに今からマンションに寄るという。

電話を切って待っていると、五分もしないうちにインターフォンが鳴った。

玄関を開けると、母は大きな荷物を抱えて立っている。

どうやら近くで私の帰りを待っていたらしい。

「彩花、元気だった?」

母に会うのは、久しぶりだ。

部屋に招き入れると、母はそそくさとキッチンへ向かう。そして調理台に、次々と持参した惣菜の入ったタッパーを並べ始めた。

「お母さん、いったいどうしたの？」

「この間電話した時、様子がおかしかったから。彩花、疲れてるんじゃない？　仕事しながらの家事は大変だもの。だから今日は差し入れをたくさん持ってきたの」

母が持ってきてくれた惣菜は、どれも私の好きなものばかりだ。

鯵の南蛮漬けやナスの煮びたし、牛肉のしぐれ煮やインゲンのごま和えなどなど。

大理石の調理台の上には、子供の頃から慣れ親しんだ母の料理が所狭しと並んでいる。

「彩花は頑張り屋さんだから、無理し過ぎてるんじゃないかって思ってね。普段作るものに一品でも加わると、献立も華やかになるでしょ」

「こんなにたくさん……。お母さん、ありがとう」

「何言ってるの。こんなのでよければ、また作って持ってくるわね。お母さんはいつだって彩花の味方なんだから」

母の言葉に涙が溢れそうになって、思わずタッパーを手に取り、蓋を開ける。

けれど好物だった牛肉のしぐれ煮の匂いが漂った途端、胃を突き上げるような強い吐き気を感じて口を押さえた。

シンクに水を流しながらえずくと、驚いた母が背中をさすってくれる。

胃の中の物を出してようやく落ち着くと、母は私をソファに座らせ、シンクの後始末をしてくれた。

「お母さん、ごめんね」

「何を言ってるの。心配しなくていいから、しばらく横になっていなさい」

母は持ってきたものを冷蔵庫に収めてしまうと、冷たいレモン水を作って持ってきてくれる。

「彩花、少しでいいから飲んでごらん。すっとするから」

母に渡されたグラスに口をつけると、確かに口の中がすっきりした。

仄《ほの》かに香るレモンの香りも、吐き気を和らげてくれる。

半分ほどを少しずつ飲んでようやく落ち着くと、母がためらいがちに口を開く。

「彩花、あなたもしかして……」

期待に満ちた眼差しに何も答えられないでいると、母の顔にパッと笑みが広がる。

「そうなのね！　おめでとう、彩花。あなたお母さんになるのね」

母はそう言うと、私の手をギュッと握り締めた。

その眼差しは、心なしか涙で潤んでいるように見える。

罪悪感でいっぱいになり、私は母から目を逸らした。

(私、お母さんに嘘をついたままだ)

最初の嘘は偽の結婚をしたこと。その上、妊娠までしてしまった。

女手ひとつで大切に育ててもらったのに、私はいったい何をしているんだろう。

そう思うと、涙が溢れて止まらなくなった。

母は突然泣き出した私に驚く様子もなく、ソファの隣に座って身体を抱いてくれる。

「あらあら、どうしたの？　そんなに泣いたら、赤ちゃんがびっくりしちゃうでしょ」

母は私の背中をトントンと叩きながら、耳元でシーッと優しい声を出す。

子供の頃、泣き止まない私に母がしてくれたあの時と同じ優しい声だ。

懐かしさも相まって涙が止まらない私の頬を、母は両手で包み、涙を拭ってくれる。

「佑哉さんは？　すごく喜んでるでしょう」

「彼には……まだ言ってない……」

「あら、どうして？　きっと喜ぶのに」

母は確信めいた口調で言うと、不思議そうに私を見つめる。

事情を知らない母には、本当のことは言えはしない。

また涙が溢れてしまう私に、母は困ったように笑った。

「彩花、お母さんね、彩花たちの結婚を初めて聞いた時、本当は少し心配だった。急だったし、こんな大きな会社のあとを継ぐ人に、彩花をちゃんとお嫁に出せるのかしらって。でもね、佑哉さんも社長さんもとってもいい人だし、何より結婚式で彩花と佑哉さんを見た時、大丈夫だって確信したのよ」

「結婚式……？」

「そう。彩花が白無垢を着て佑哉さんと並んで式場に入ってきた時ね、佑哉さん、とっても嬉しそうな顔をしてたの。幸せそうに、大切そうに花嫁姿の彩花を見ていたのよ。そんな佑哉さんを見ていたら、あぁ、この人にだったら私たちの大事な彩花を託せる、幸せにしてくれるって、そう思ったの」

母はそう言うと、また私の涙を手で拭う。

「あんなに愛されてるのに、どうして彩花は不安なの？」

「愛されてる……？」

「そうよ。佑哉さんとあなたを見ていれば、誰にだって分かることなのに」

泣いている私を見ながら、母がまた笑った。

子供の頃から知る、揺るぎのない笑顔だ。

父を失ってから何か不安なことが起こるたびに、私はいつもこの笑顔で勇気を取り戻してきた。

それに母が大丈夫だと言えば、不思議なことにいつもその通りになったのだ。

でも私には、やっぱり信じられない。

私が佑哉さんに愛されてる？

そんなことあるはずがない。

私たちの結婚は、ただの偽装結婚なのだから。

黙り込んだ私に、母は「マタニティ・ブルーかな」と言って笑った。

「でも佑哉さんにはきちんと話さなきゃ。赤ちゃんはお腹にいる時からパパとママに愛されて育たなきゃいけないの。彩花だって、私たちがたくさん愛して育てたでしょ？」

母はそう言うと、「何か口当たりのいいものを作るわね」と言ってキッチンへ行ってしまう。

涙に濡れた頬を拭いながら、私は硬くこわばっていた心の中が少しだけ解れていくのを感じていた。

翌日のお昼休み、私は誰もいないロッカー室でひとり昼食をとっていた。

お弁当は、母が作っておいてくれた冷やしうどんだ。

あれから、母は私に冷やしたおかゆと冷たい野菜のスープを作って食べさせ、さらに買い物に行って作り置きのおかずを膨大に作って帰っていった。

佑哉さんの食べるものもたくさん作って冷凍しておいてくれたから、しばらくの間は乗り切れそうだ。

それに、つわりでも食べられるレシピもたくさん教えてくれた。

たぶん個人差が大きいのだろうが、私の場合は冷たくしたり寒天で固めたりして喉の通りをよくし、匂いを消すことがポイントだ。

それさえクリアすれば、何とか日常生活を送ることはできそうだった。

まだたくさんは食べられないが、工夫をすれば何とかなることが分かって、精神的にも楽になった。

昨夜帰宅した佑哉さんも私の表情が明るくなっていたことをすごく喜んで、朝から母にお礼の電話をしてくれた。

彼の表情も明るくなり、とても心配をさせていたことを実感する。

(やっぱり、佑哉さんに妊娠のことを伝えよう)

昨夜からずっと考え、私は彼に真実を伝えることに決めた。

母が言った通り、私ひとりの問題ではないのだ。

佑哉さんには父親として赤ちゃんと向き合う権利も、義務もある。

そう結論づけ、持ってきたお弁当の半分ほどを食べて片づける。

少し早めにオフィスに戻ろうとメイクを整えていたところで、秘書室の中垣内さんたちが連れ立ってロッカー室に入ってきた。

彼女たちは備えつけられたソファに陣取り、たくさんの洋菓子を広げている。

バター特有の強い香りが辺りに広がり、途端に胸に不快感が広がった。

「みんな、これ、持っていってちょうだい」

お菓子を配るためなのか、中垣内さんは通りがかる人すべてに声を掛けている。

お昼休みもあと十分という時間帯、ロッカー室に出入りするたくさんの女子社員が中垣内さんの前で足を止めた。

「わぁ、美味しそう！」

「私もひとつ貰っていいですか!?」

ソファの周りに大勢の人が集まり、みんな思い思いにお菓子を選んでいる。

あっという間に狭いロッカー室にお菓子の香りが充満し、胃の辺りから軽い吐き気が突き上がってきた。

(だめだ。早くここを出なきゃ)

しかし足早に部屋をあとにしようとしたところで、背後から「羽田さん」と声を掛けられる。

振り向くと、中垣内さんの剣呑とした瞳がこちらを見据えていた。

「羽田さんもどうぞ。……あら、ごめんなさい、もう松岡さんって呼ばなきゃいけないのかしら」

彼女は意地悪くそう言うと、意味ありげに周囲を見渡す。

「このお菓子、父のフランス土産なの。みんなで一緒に食べなさいってたくさん買ってきてくれたのよ。もちろん、あなたにも差し上げるようにって父からくれぐれも言われているの」

「あ……ありがとうございます。でも、私は結構です。今日は少し、食欲がなくて」

さりげなく手で顔を覆いながらそう答えると、中垣内さんの表情がサッと冷たくなる。

「父の好意が受け取れないってこと？」

「そんなつもりは……ただ、少し食欲がないだけで」

「食べられるでしょ、お菓子のひとつくらい。……ダイエットでもしてるの？」

中垣内さんがそう言うと、周囲にいた秘書室のメンバーが「感じわるーい」と茶化したように言う。

「いるわよね、そういう子。もう十分細いのに、いくら勧められても絶対にお菓子を食べないの」

「あぁ、男の目を何よりも気にするタイプ？」

「でもさぁ、男の人は好きだよね。そういう儚げなところが放っておけないって、すぐに騙されちゃう」

彼女たちは口々に言うと、目配せをしながら声を上げて笑う。

「あ、別に羽田さんのことじゃないよ」

「そうそう。副社長に告げ口しないでよ〜。クビになっちゃう」

「みんな、だめよ、そんなこと言っちゃ。松岡さんはちゃんと好意を受け取る人よ。ね、松岡さん。せっかく父があなたのために買ってきたの。せめて一口食べてやってくれないかしら」

そこまで言われては、もう断ることはできない。

私は込み上げる吐き気を堪え、小さな焼き菓子をひとつ取って口に入れた。

そして噛み砕き、無理やり飲み込む。

もう味も何も、分かったものではなかった。

中垣内さんは私の様子を窺うように、こちらを見ている。

私は何ごともなかったように彼女に笑顔を向けた。

「ごちそうさまでした。美味しいお菓子をありがとうございます。お父さまにもよろしくお伝えくださいね」

「え、ええ……」

バツの悪そうな顔で顔を見合す彼女たちを残し、私はロッカー室を出た。


廊下に出ると、私は吐き気と戦いながら小走りでトイレに向かった。

こんなところで粗相はできない。

もしそんなことになったら、佑哉さんが笑われてしまう。

そう思い、必死で一番近くにあるトイレまで何とか辿りつく。

けれど、駆け込もうとしたトイレは混んでいて使えない。
私はふらふらになりながら廊下へ出ると、よろめきながら足を進める。
(どうしよう。どこか人目につかない場所へ行かなきゃ……)
エレベーターホールに向かう廊下は、ランチから戻った人たちで混み合っている。
私は極度の緊張状態からめまいをおこし、思わずその場にしゃがみ込んでしまった。
(だめだ。何だか目の前が暗くなってきた……)
視界がだんだん狭くなり、身体が思うように動かない。
経験したことのない感覚に、たまらなく不安になる。
(赤ちゃんにもしものことがあったらどうしよう)
無意識に両手でお腹に手を当てて庇《かば》う。もうそうする他、私にできることはなかった。
するとその時、誰かが私の腕を強い力で掴んだ。
そしてぐっと身体ごと引き上げられ、相手の胸に顔を押しつけられる。
(えっ……)
赤ちゃんが敏感にした私の鼻先が、大好きな人の微かな香りをふわりと嗅ぎ分ける。
ここのところ匂いに敏感になっている私を気遣って彼は香水をつけていないから、

これはきっとスーツに染み込んでしまった残り香だ。

「彩花、もう大丈夫だ。顔、俺に押しつけとけ」

佑哉さんは私の耳元でそう囁くと、あっと言う間に膝の裏に手を入れて私を抱き上げた。

「佑哉さん、あの、私」

「あまりしゃべらない方がいい。心配するな。彩花の弱ってる顔は、俺以外誰にも見せないから」

佑哉さんは抱き上げた私の耳元に唇を寄せ、優しく囁く。

彼の逞しい腕に、優しい声に、さっきまで胸を覆っていた不安が一瞬で消え失せる。

それにそんなはずはないのに、お腹の赤ちゃんも私ごと彼に抱かれていることを喜んでいるような気がした。

けれど、未だ吐き気は続いている。

もし今粗相をしてしまったら、佑哉さんのスーツを汚してしまう。

（佑哉さんは社長就任を控えた責任ある立場だ。いくら偽りの奥さんとはいえ、彼の顔に泥をぬるようなことはできない……）

力の入らない身体で何とか離れようと試みるも、彼にがっしりと後頭部を押さえられてしまい、私の力ではびくともしない。

周囲には、次第に人が集まってきているようだ。

「あれ、副社長の奥さんじゃない？」

「羽田さん、さっきもロッカーで具合が悪そうだったから」

「えっ、なになに、何かあったの？」

様々な声が耳に届き、もう気が遠くなりそうになった時、頭の上で秘書室長の声がした。

「副社長、どうかされましたか」

何の躊躇もなく、佑哉さんが答える。

「妻の具合が悪いようだ。すまないが、医務室を使わせてもらう」

佑哉さんに抱かれて医務室に着くと、私はすぐに奥にあるトイレに駆け込んだ。

堪えきれず嘔吐していると、佑哉さんが背中をさすってくれる。

「彩花、大丈夫か」

結局、中垣内さんのクッキーだけでなく、せっかく母が用意してくれたお弁当まで戻してしまった。

その上、その一部始終を佑哉さんに見られるという、二重の苦しみだ。

「やっぱり、まだ会社は無理だったな」

「ごめんなさい」

「気にするな。俺も油断していた。彩花はまだ本調子じゃないのに、少し元気になってくれたことが嬉しくて」

緊張のあまり身体が硬直した状態だったせいかなんとか佑哉さんのワイシャツを汚さずに済んだ。

今となっては、そのことだけが唯一の救いだ。

でも、結局また佑哉さんに迷惑をかけてしまった。

そのことが気になり、気持ちが沈んでいく。

「松岡さんは、少しここで休んでいった方がいいわね」

いつの間にか駆けつけてくれた城之園さんがベッドの用意をしてくれた。

それを見た佑哉さんが、また私を抱いてベッドまで運ぶ。

「あの、自分で……」

「黙っていろ。あんまりしゃべると、また具合が悪くなるぞ」

「でも……」

気遣ってもらえるのは嬉しいけれど、ここまで城之園さんの前で色々されるのはいたたまれない。

ベッドに下ろされて一息つくと、佑哉さんは「会議があるから、またあとで来る」と言って名残惜しそうにオフィスに戻っていった。

佑哉さんを見送ったあと、城之園さんが換気用の小窓を開けて空気を入れ替えてくれる。

部屋に漂っていた澱んだ匂いが取り除かれ、それだけでずいぶん楽になった。

「城之園さん、ありがとうございます」

身体を起こしてそう言うと、慌てて近づいてきた彼女にまたベッドに寝かされてしまう。

「貧血を起こしたんだから、まだ横になっていなきゃだめよ。落ち着いたらタクシーを呼ぶから、今日は帰った方がいいわね」

「すみません……」

「謝らなくていいわ。謝るなら副社長に謝ってもらいます。もう少し配慮があると思っていたけど、やっぱり男の人ってだめね」

城之園さんはそう言い放つと眉を顰《ひそ》め、ため息をつく。

「余計なことだったらごめんなさい。松岡さん、あなた妊娠してるんじゃない？」

「えっ」

「やっぱり図星ね。まったく、副社長はいったい何を考えてるのかしら。それに……もしかして副社長にはまだ言ってないの？」

城之園さんの鋭い指摘に、思わず言葉を失う。

黙り込んだ私に、城之園さんはまたため息をついた。

「副社長も問題だけど、松岡さんも軽率すぎるわね。松岡さん、妊娠は病気じゃないけど、普通の状態でもないの。身近に出産した友人がたくさんいるから分かるんだけど、つわりがひどくて入院した子もいれば、切迫早産で何か月も入院した子もいるわ。みんな私やあなたと何も変わらない、元気で健康な子たちばかりよ。だから怖がる必要もないけど、決して油断もできない。元気な赤ちゃんを産むために、きちんと副社長に話して、今後のことを相談しなさい」

城之園さんはそう言うと、「あとでまた来るわ」と言い残して部屋を出ていった。

医務室にひとり残されると、私は城之園さんに言われたことをもう一度思い返す。

何もかもが彼女の言う通りだった。

佑哉さんに妊娠を隠しても、結局何の解決にもならない。

私がするべきただひとつのことは、赤ちゃんを守り育《はぐく》むこと。

大切なことに気づき、私は身体を起こしてもう一度お腹を撫でた。

「私、あなたのためにもっと強くなるね」

お腹に向かって話しかけると、自分の中に芽生えた命が、急に身近に感じられる。

可愛くて、愛おしくて、この子のためなら、何だってできると強く思う。

たとえ佑哉さんに受け入れられなくても、私がこの子を守って生きていこう。

そう心に決めると、お腹の中の赤ちゃんが『頑張れ』と言ってくれたような気がした。


しばらくして医務室に戻ってきた城之園さんに見送られ、私はマンションに戻ってきた。

部屋に着いたタイミングで佑哉さんから電話が入り、今日は早目に帰ると告げられる。

私は手早くシャワーを浴びてしまうと、夕食の準備に取りかかった。

準備といっても、母が作ってくれたお惣菜をアレンジして並べるだけだ。

冷凍庫には下ゆでしただけのホウレンソウや薄味の高野豆腐など、少し手を加えればいい状態の食材がフリージングされており、さすがは母だと感心してしまう。

料理中も佑哉さんが切っておいてくれたフルーツを少しずつ食べ、何とかつわりをやり過ごした。

簡単ながらも夕食の用意を済ませ、お風呂の用意をしたところで、玄関の鍵が開く音がした。

(えっ、佑哉さん、もう帰ってきたの?)

時計を見るとまだ午後六時を回ったところ。

あまりに早い帰宅に、驚きつつも玄関で彼を出迎えた。

「お帰りなさい。今日は早かったんですね」

声を掛けると、佑哉さんが柔らかな表情を浮かべて私に歩み寄る。

「ただいま。仕事のキリがよかったから、今日はもう片づけてきた」

「そうなんですね」

「ああ。でもあのあと医務室に行ったら、彩花がいなくてびっくりしたよ。城之園さんに聞いたらもう帰ったって言われて、驚いた」

佑哉さんは少し硬い表情でそう言うと、恨みがましく私を見つめる。

「帰るんなら、俺に顔を見せてからにして欲しかった。城之園さんは俺が聞くまで何にも言わないし……というか、どうして彼女に言って俺には言わないんだ」

不機嫌な顔で抗議を続ける佑哉さんに、内心驚きを隠せない。

(もしかして、佑哉さん拗ねてるの?)

目を瞠《みは》りながら「ごめんなさい」と言うと、「別に謝るようなことでもないけど」とそっけなく言われてしまう。

「でも次からは、場所を移動する時には俺に言うか、メールしておいて。彩花の所在が分からないと何だか落ち着かないから」

「はい。分かりました」

「約束だ」

彼はそう言うと、右手の小指を立てて私に差し出す。

黒い闇のような瞳が妖しく煌めいた気がして、ドキドキしながら私も小指を差し出した。

佑哉さんは子供の頃よくやった〝ゆびきり〟のように小指を絡ませると、フッと笑う。

まるで子供みたいなことだけれど、彼がやると素敵に見えてしまうから不思議だ。

赤くなる頬を隠しながら、私はさりげなく彼のカバンを受け取る。

「佑哉さん、まだ時間も早いし、先にお風呂に入ってきてください。もうお湯は張ってあるので」

「用意してくれたの？　嬉しいけど、無理はしないでくれ。今日会社で倒れたばかりなんだぞ」

「早退させてもらって十分休めたので、気分はいいんです。最近迷惑をかけているから、ちょっとは奥さんらしいことを」

自分で言いながら、照れてしまった。

奥さん、だなんて。

偽装だからと泣いたり悩んだりしていたのに、私は何て現金なんだろう。

佑哉さんは黙って私を見つめたあと、「じゃあ、風呂に入ってくる」と言ってリビングを出て行った。

私はひとりリビングに残り、ソファに腰かける。

「ちゃんと言えるかな」

妊娠したこと。

赤ちゃんを産みたいと思っていること。

具体的なことを考え出すと、佑哉さんに伝えなくてはならない内容はどうしても深刻になる。

（佑哉さんに、もしいらないと言われたら……）

ネガティブな考えが頭に浮かび、怖くて堪らなくなる。

でも、赤ちゃんのためには、きちんと彼に伝えなくてはならない。

それは、彼が父親だからだ。

「ママ、頑張るから」

お腹に向かって声を掛け、勇気を奮い立たせる。

私の中に芽生えてくれた赤ちゃんを、絶対に守りたいのだ。

それに何より、赤ちゃんと同じくらい大切な佑哉さんに、私の気持ちを伝えたいと強く思った。

佑哉さんがバスルームから戻ってくると、ふたりでいつもより早い夕食を楽しんだ。

「すごい。ご馳走だな」

「ほとんど母の作り置きのお惣菜です。私は盛りつけただけで」

「そうか。お母さんに感謝しないといけないな」

そう言って、佑哉さんは美しい所作で「いただきます」と手を合わせると、嬉しそうに箸を動かした。

久しぶりの楽しい食事に、急に部屋が明るくなる。

弾んだ気持ちが身体に伝わるのか、私も少し食欲が出て、ちょっとだけお惣菜を口に入れた。

まだたくさんは食べられないけれど、こうして佑哉さんと食卓を囲めるのが本当に嬉しい。

心と身体は繋がっているのだと、改めて感じる一瞬だ。

食事を終えると、後片づけは佑哉さんがやってくれた。

ソファでゆっくりしておいでと言われたけれど、離れがたくて彼の周りをうろうろしてしまう。

お風呂上がりの彼は洗い髪のまま、白い半そでのカットソーにスウェットというラフなスタイルだ。

スーツ姿の佑哉さんも素敵だけれど、少し緩んだプライベートな姿は野性的で、今でも簡単に目を奪われてしまう。

キッチンが片づいてしまうと、佑哉さんがコーヒーを淹れてくれた。

妊娠期間を通してカフェインはあまりよくないみたいだけれど、今日は特別、と決めてちびちび楽しむ。

ソファでふたり並んで飲むコーヒーは、今まで飲んだどんなコーヒーより美味しく感じる。

佑哉さんは長い腕を私の肩に回して、時々くるくると指で髪を弄んでいる。

彼の長い指にどれだけ巻かれても、私の髪はすぐにするりと抜け落ちてしまう。

細いのに意外にコシがあるストレートヘアだから、クセが付きにくい分、カールやウェーブで冒険ができない髪質だ。

佑哉さんはしばらく私の髪で遊んでいたが、やがてするりと指を解き、私の顔を見つめて言った。

「今日、君が倒れたあとで父と話したんだ。怒られたよ。ちゃんと夫の務めを果たしているのかって」

佑哉さんはそう言うと、私の手をそっと握る。

重ねられた手のぬくもりを感じながら、顔を上げて彼の視線を受け止めた。

「昨日、私もお話ししました。無理はしないようにと言われていたのに、結局心配をかけてしまって」

社長は、自分と佑哉さんのお母さんとの関係を、とても後悔していた。

私たちの姿を自分たちに重ねて、同じことを繰り返させたくないと、わがことのように心配していたのだ。

偽りの結婚とは知らずに心を砕いてくれる社長を思うと、今でも胸が痛む。

「父は君のことをとても心配していてね。君に一度精密検査を受けてもらったらどうかと提案された。自分が治療を受けているクリニックにいいドクターが揃っているからって」

「精密検査……ですか」

「ああ。確かにただの疲労にしては長引き過ぎているし、何かトラブルがあるなら、少しでも早く原因を突き止めた方がいい。父の意見に俺も賛成だ。今日だって、廊下で君が真っ青になって座り込んでいる姿を見た時には、心臓が止まりそうだった」

彼にそう言われ、私の心もざわざわと騒ぐ。

もしもあの時佑哉さんが助けてくれなかったら、私はみんなの前に大変な姿をさらけ出していたかもしれない。

社長就任を控えている佑哉さんにだって、恥をかかせたかもしれないのだ。

「佑哉さん……今日は本当にごめんなさい」

「別に謝らなくてもいい」

「でも……もしも佑哉さんに迷惑をかけていたらと思うと、ゾッとします」

私がそう伝えると、佑哉さんは少しムッとした表情で私を見つめた。

「ゾッとしたのは俺の方だ。俺があの場にいたからよかったものの、君がひとりだったらと思うと背筋が寒くなる。体調が戻るまではひとりで行動するのは禁止だ」

そう言って本気で嫌そうにする彼に、私は戸惑う。

それに私には、正直なところあの時の佑哉さんの行動が理解できなかった。

もしも佑哉さんの腕の中で粗相をしてしまったら、私だけでなく佑哉さんまで汚れてしまっただろう。

佑哉さんなら瞬時に判断できたリスクだ。

抱き上げるより、私をどこか目立たないところに連れて行った方がよかったのではないだろうか。

そう伝えると佑哉さんは、さも何でもないように言った。

「彩花だから、かな」

「私だから？」
「そうだ。彩花だからどんな時でも守る。……もう、いいだろ、こんな話」
佑哉さんはそう話を切り上げてしまうと、面倒くさそうに髪をかき上げる。
（え……もしかして照れてるの？）
見たこともない彼の姿に驚き、同時に胸がきゅんとする。
不器用な彼の優しさを痛いほど感じて、心が温かくなった。
（私、やっぱりこの人のことが大好きだ）
佑哉さんはちっとも変わっていない。偶然非常階段で出会った、あの時から。
私は出会った日の彼を想う。
華やかな容姿で誰をも魅了する魅力に溢れているのに、どこか冷たさを感じた眼差し。
なのに見ず知らずの大学生だった私の手を引き、一緒に走ってくれた。
光と影が混在する彼に一瞬で魅かれ、簡単に虜になったのだ。
（私はきっと、佑哉さんのあの瞳に最初から恋をしていたんだ）
どこかミステリアスな彼を、私はまるでモルディブの海のようだと思う。
昼間は眩しい太陽を受けて煌めいているのに、ひとたび陽が落ちれば妖しく濃密な漆黒で私を取り込んでしまう。

それでいて、本当の心は決して見せてはくれないのだ。

(それでもいい。私は佑哉さんを愛している。大切なことは、きっとそれだけだ)

心を決めて、コーヒーカップをテーブルに置き、真正面から彼に向かう。

「佑哉さん、お話があります」

「どうしたんだ。大真面目な顔して」

佑哉さんはまた何を言い出すのかと、訝しげな表情だ。

私は大きく深呼吸して、彼の目を見つめた。

「私の体調が悪いのは、疲れじゃないし、病気でもありません」

「それじゃ、何だ」

「赤ちゃんが……できました」

心を決めたはずなのに、佑哉さんの反応が怖くて声が震える。

張り裂けそうな胸を押さえて彼を見つめると、涼やかな黒い瞳が大きく見開かれ、

次の瞬間には歓喜の表情が顔いっぱいに広がった

「本当か」

「はい。それで、私……」

ひとりでも産みたい、そう伝えようとしたところで、彼の腕が私を包み込んだ。

息ができないほど強く抱き締められ、用意していた言葉が全部吹き飛んでしまう。

佑哉さんはしばらく私の首筋に顔を埋めるようにして抱いていたが、やがてゆっくりと身体を離すと、長い指でそっと私の頬を包み込む。

「彩花……ありがとう」

「佑哉さん」

「嬉しくて……もうどうにかなってしまいそうだ」

佑哉さんはそう呟くと、堪らない、といった表情でまた私を抱き締めた。

彼の腕に抱かれ、心が柔らかな幸福で満たされていく。

ひとしきり抱き締められたあと、佑哉さんの腕が緩んだ。

大切なものを扱うようにそっと私の身体を離し、優しい眼差しで私の顔を覗き込む。

「それで……赤ん坊の様子はどう？　病院には行ったの？」

「はい。あの……今六週目で、二か月だそうです」

「それじゃ、この体調不良は……」

「はい。つわりみたいです」

私の言葉に、佑哉さんが切なげに目を細める。

「どうして……すぐに教えてくれなかったの？」

「それは……」

それは私たちの始まりが偽装結婚だったからだ。

佑哉さんは言葉に詰まる私に、ふぅっと息を吐く。

「ごめん、責めるつもりじゃないんだ。でも、俺は彩花の本当の気持ちを知りたい」

佑哉さんの真剣な眼差しに、彼が嘘偽りなく授かった命を大切に思ってくれているのだと気づく。

私は勇気を振り絞って言葉を続けた。

「……佑哉さんに黙っていたのは、私たちの結婚が偽装だったからです。佑哉さんに……子供なんていらないと言われるのが怖くて」

「彩花……」

私の言葉に、佑哉さんに苦しげな表情が浮かんだ。

そして怖いほどの強い眼差しで、私の目をジッと見つめる。

「初めて君に触れた夜、俺は君に愛していると伝えたはずだ。もう忘れてしまったのかな」

彼にそう言われ、私は目を伏せる。

覚えている。忘れるわけがない。

満天の星に隙間なく満ちた月が上った夜、私は彼とひとつになって愛の言葉を聞いた。

でも、私には信じられなかった。

何もかもが偶然のままに進んだ偽装結婚に、本当の愛があるなんて信じられなかったのだ。

しばらくの沈黙のあと、黙り込む私の頬に佑哉さんの指先が触れた。

輪郭を確認するように顔全体をなぞり、髪に触れ——彼のとろみのある黒い瞳が、私の身体全体に柔らかく絡みつく。

その優しい眼差しに、私は泣きたいような気分になった。

愛しているという彼の言葉を信じたい。

だけど心の底に巣食う不安は、簡単には消えてくれない。

誰にも触れさせない彼の心の深淵が、私に彼の愛を信じることをためらわせる。

どうしようもない苦しみに震える私に、佑哉さんは小さなため息をついて力なく笑った。

「俺は……最低の男だな」

「えっ……」

「彩花をちゃんと愛したいのに……苦しめてばかりだ」

佑哉さんはそう言うと、切なげに目を伏せた。

見ていられないほどの痛々しい姿に、胸が苦しいほど締めつけられる。

思わず手を伸ばして彼の手に触れると、佑哉さんは苦しげに顔を歪ませながらまた私を強く抱き締めた。

「辛い思いをさせてごめん。でも俺の気持ちは、いつだって彩花に伝えていたつもりだったんだ」

「佑哉さん……」

「弱い自分の姿を知られたら嫌われてしまうんじゃないかって、ずっと不安だった。君を失うことが怖くて……だから虚勢を張って、君を俺だけのものにしたくて必死だった」

絞り出すように紡がれる言葉には、嘘や偽りは感じられない。

この人は私が思うよりもずっと繊細なのだ。まるでちょっとした振動で砕け散ってしまう、薄い硝子細工のように。

彼と過ごした様々な時間が、浮かんでは消えていく。

（偽装結婚をしてからも、その前も、佑哉さんはいつだって私と真剣に向き合ってくれた。私だって……真剣だった）

それはオフィスでも同じだ。社長のいない場面でトラブルに見舞われた時、佑哉さんはいつも誰にも気づかれないような、さりげない手助けをしてくれた。

ぎこちない笑顔しか交わせなかったことだって、今なら彼の不器用さがそうさせたのだと理解できる。

ほんの少し垣間見えた彼の無防備な部分に、狂おしいほどの愛おしさが込み上げた。

「佑哉さん、あの」

「何？」

私は彼の腕からそっと手を離し、ソファのそばに置いてあったバッグからエコー写真を取り出して彼に差し出す。

写真を目にし、佑哉さんの瞳が大きく見開かれた。

「これ……」

「はい。白いリングの先にある、小さな粒が赤ちゃん。エコーで見ると、ここが力強く動いていて」

「そうか。いるんだな、ここに」

佑哉さんは私のお腹に手を当て、そっと撫でた。

壊れ物を扱うような優しい手つきは、私に触れる時とまるで同じだ。

不意に、母が言った言葉が思い出される。

『あんなに愛されてるのに、どうして彩花は不安なの？』

『佑哉さんとあなたを見ていれば、誰にだって分かることなのに』

母の言う通り、彼は私にいつも溢れんばかりの愛を注いでくれる。

（始まりは偽装結婚でも、今、私たちが互いに持っている気持ちは本物だ）

私は今まで、彼の何を見てきたんだろう。

頑なだった心が、まるで花が開くように解けていく。

佑哉さんはエコー写真をそっとテーブルに置くと、私の身体を引き上げ、向かい合わせで膝に乗せた。

まるで彼の膝に跨るような格好になり、恥ずかしさで顔が赤くなる。

「彩花、俺から目を逸らさないで」

「佑哉さん……」

「ちゃんと見て。俺のことだけを」

顔と顔が近くなり、彼から目を逸らすことができない。

佑哉さんの強い視線に晒され、私は逃げ場を失う。

「彩花はこれからどうしたいの？」

「私……赤ちゃんを産みたいです」

産みたい。そしてできることなら、彼と家族になりたい。本当の家族に。

佑哉さんの顔に優しい笑顔が浮かぶ。

「もう一度言おう。俺は彩花を愛している。今までもこれからもその気持ちは変わらない。だから君と、これから生まれてくる子供と一緒に生きていきたい」

佑哉さんの一途な眼差しが、私だけに注がれている。

その真摯な輝きに、心が震える。

大切な私の、ただひとりの人。

幼かった恋が、本物の愛に変わる。

「佑哉さん。私、あなたが好きです」

彼の目を見つめ、何のためらいもなく言葉を紡いだ。

「……愛してる」

佑哉さんの目が大きく見開かれ、やがて顔いっぱいに笑顔が広がっていく。

「私も……」

愛してる、と告げる間もなく彼の唇が私の唇を塞いだ。

優しく食み、啄んではまた食んで——。だんだん深くなる味わうようなキスが、私の体温を上げていく。

互いを確かめるように夢中で求め合い、ようやく唇が離れた時にはふたりとも息が上がっていた。

「……やっと言ったな」

鼻先が触れ合うほどの距離で、佑哉さんが言った。

少しかすれた低い声が鼓膜を揺らして、鼓動がまた速くなる。

「こんなに焦らして……彩花はいったい俺をどうするつもりだ？」

「焦らしてなんか……」

「無自覚か。厄介な奥さまだな。……いいよ。俺はこれから一生君に振り回されて、ずっと愛を請い続けるから」

笑いながら、佑哉さんがまたキスを仕掛ける。

触れ合うように何度も唇を押しつけ、飽きるほどキスの雨を降らせたら、今度はゆっくり深く合わせてふたりの心に火を灯していく。

心が、身体が蕩けて、また笑い合って——とめどなく続くキスの途中で、私ははっと我に返って彼の胸に手をついた。

「待って、佑哉さん。あの……。赤ちゃんがびっくりするから……」

佑哉さんは熱のこもった眼差しのまま、しどろもどろになる私を見つめている。

私も妊娠が分かってから知ったのだが、安定期に入るまでは夫婦生活は控えた方がいいとされている。

夫婦生活――つまり、セックスのこと。

顔を赤らめながら告げる私に、佑哉さんは短い息をついて前髪をかき上げる。

「……ごめん。最近彩花に触れていなかったから、ちょっと歯止めが利かなくて」

「ごめんなさい。私がもっと気をつけなくちゃいけないのに」

「いや、俺もこれから勉強しなくちゃいけないな。彩花はこれから大仕事をするんだ。もっと彩花を助けられるよう俺も努力するよ」

佑哉さんはそう言うと私を抱き上げ、寝室に移動した。そしてベッドに優しく私を下ろし、隣に身体を横たえる。

照明が落ちた部屋で、サイドランプの灯りがふたりに淡い影を落とす。

その温かさに、泣きたいほどの幸せが込み上げる。

佑哉さんは私を腕枕で抱き寄せると、つむじの辺りに顎を乗せた。彼の胸に顔を押しつけると、少し高い体温が私の身体を包み込む。

「次に病院に行くのはいつ？」

「二週間ごとの通院だから、再来週の月曜日です」

「それじゃ、仕事の都合をつけて俺も一緒に行くよ。どんな病院かも見ておきたいし、どこで出産するかも、考えなきゃいけないからな。……そうだ。これからきっとお母さんに来てもらうことも多くなるから、お母さんに泊まってもらう部屋も用意しないと」

あれこれと気を回す佑哉さんに、思わずクスリと笑みが零れる。

笑い声を聞いた佑哉さんが、ふと身体を離して顔を覗き込んだ。

「何だ？」

「だって、佑哉さん、何だかそわそわして」

「当たり前だろ。……父親になるんだ。そわそわして何が悪い」

父親という言葉をためらいがちに口にした、彼の小さな戸惑いが愛おしくて堪らない。

佑哉さんは不思議な人だ。

冷静なのに情熱的で、豪快なようでとても繊細な一面もある。

まるで変化する月のように相反する彼に惑わされることも多いけれど、だからこそ魅かれたのだと今は思う。

私はふと、今日オフィスで私を抱き上げた彼を思い出す。

彼がみんなの前で私を庇ってくれた時、本当はとても心強かった。

心がじわっと温かくなるのを感じて、私は彼の顔を見つめる。

「佑哉さん、あの、今日は本当にありがとうございました」

「えっ……何がだ」

「あの、オフィスの廊下で、私を抱き上げてくれたこと。だって、もしあの状態で戻してしまったら、佑哉さんだって大変でした」

そう言うと、佑哉さんは少し考えを巡らせたあと、何でもないように言った。

「いや、俺はもう間に合わないと思ったから抱き上げたんだ」

「えっ」

「俺の身体で隠せば、万が一のことがあっても彩花の顔はみんなの目には触れないだろう」

軽やかに放たれた佑哉さんの言葉に私は絶句する。

(それじゃ、佑哉さんは最初から汚れることを覚悟していたというの？)

どうしてと思った。

どうしてそこまでできるの？

俯いて黙り込んだ私に、佑哉さんが視線を落とした。

顎に指を掛けられ視線が合うと、涙で潤んだ瞳が彼の視線に捕えられる。

苦笑した佑哉さんが、長い指で私の涙を拭った。

「元気できれいな君も、つわりで苦しんでる君も、全部俺の大切な彩花だから。どんな君でも、愛おしいよ」

私は思わず彼の首に抱きついていた。

こんなに大切に思っていてくれたのに、どうして彼の気持ちに気づかなかったんだろう。

「佑哉さん、大好きです」

頭の上で、彼が笑う気配がする。

「大好き。……好き。愛してる……」

「彩花、そんなに煽られても、今は何もできないよ。……それとも、それも無自覚？」

佑哉さんは「俺の奥さんは魔性系だな」と呟くと、また私を強く抱き締める。

本当の夫婦となった私たちの最初の夜は、優しく更けていった。

あまりにも愛し過ぎて

佑哉さんと本当の夫婦になってから、約一週間後。今日は二週間に一度の検診日だ。

予定通り仕事を休んだ佑哉さんと私は、彼の車で病院に向かった。

血圧測定や体重測定、尿検査を経て診察室へ入ると、先日診てくれた笑顔の優しい先生が迎えてくれる。

「あら、今日はご主人も一緒なのね」

「はい。このたびは妻がお世話になります。よろしくお願いします」

丁寧に頭を下げる佑哉さんに笑顔を返すと、先生は私に顔を向ける。

「つわりの様子はどう？　ちゃんと食事はできてる？」

「はい。食べられるものを少しずつ食べています」

「そう。体重も……そんなに大きく減ってはいないわね」

いくつかの問診を終えると、今度はエコー検査だ。

エコーと言っても通常健診などで使うものではなく、妊娠十二週までは内診室での経腟エコーで赤ちゃんの確認をする。

この病院では内診室に男の人は入れないので、佑哉さんには待合室で待っていてもらった。

モニターの画像には、前回よりしっかりと人の形をした赤ちゃんがはっきり映し出されていた。

もぞもぞと動いているようにも見え、私の中で生きていることが実感できる。

内診を終えて診察室に戻ると、佑哉さんも一緒に先生の話を聞いた。手渡されたエコー写真に、佑哉さんの視線が釘づけになる。

「先生、子供の様子はどうですか」

「順調ですよ。ママもしっかり体調管理できているみたいですしね」

「そうですか。ありがとうございます」

先生は緊張気味に頭を下げる佑哉さんに笑顔を向けると、さらさらと書類にペンを走らせる。

どんな時も冷静さを失わない佑哉さんのこんな姿を見るのは初めてで、何だか心がホッと温かくなる。

それからいくつかの質問をして、私たちは病院をあとにした。

車に戻ると佑哉さんはまたエコー写真を取り出し、しげしげと眺めている。

私はそっと、運転席で黙り込んだ彼に身体を寄せた。

「今日ね、エコーで赤ちゃんが動いて見えたんです」

「そうなのか。俺も見たかったな」

「十三週目からは診察室でのエコーだから、あと一か月くらいすれば一緒に見られますよ。だから……また一緒に来てくれますか」

私が言うと、佑哉さんはゆっくりと手を伸ばして私を抱き締めた。

「佑哉さん……?」

戸惑いながらも身を任せると、私の首に顔を埋めた佑哉さんが、ため息交じりに言葉を吐き出す。

「赤ん坊って、生まれてくるまでこんなに大変だったんだな。つわりだってまだ続くし、文字通り彩花が身体を張ってコイツを守ってくれてるんだなって」

佑哉さんは腕に力を込め、またギューッと私を抱き締めた。切ないほどの彼の喜びが、腕の力と共に伝わってくる。

大きな身体に抱かれているはずなのに、今日はまるで私が彼を抱いているみたいだった。

「彩花、ありがとう」

彼の言葉に、私の心もまた幸福でいっぱいになった。

駐車場から車を出し、路面に出たところで、佑哉さんがちらりと視線を向ける。

「彩花、体調はどう？」

「大丈夫です。今日は何だか気分がよくて」

「それじゃ、ちょっと付き合って」

そう言って、彼は車を走らせる。

「どこへ行くんですか」

「リベンジだ」

「リベンジ？」

（いったい何のことだろう？）

しばらく走って車をコインパーキングに入れると、佑哉さんは私の手を引いて大通りを歩く。

（あれ、この場所って……）

見覚えのある景色の中をしばらく歩くと、大通りに面した煌びやかな店に辿りつく。

中に入ると、隙のない装いの女性スタッフたちが一斉に同じ微笑を浮かべながら私たちを迎え入れてくれた。

まるでデジャブのような光景だ。

佑哉さんは私に向かって悪戯っぽく笑うと、近寄ってきた女性スタッフに笑顔を向ける。

「いらっしゃいませ。本日はどのようなものをお探しですか」

「結婚指輪を探しています」

「かしこまりました。すぐに準備させていただきます」

・

約一時間後、私と佑哉さんはスタッフたちに笑顔で見送られながら店をあとにした。

ふたりの左手の薬指には、お揃いのリングが光っている。

私たちが選んだのは、シンプルなプラチナのマリッジリング。

私の方にだけひと粒のダイヤモンドが埋め込まれた、対になった優美なデザインだ。

この店のクリスマス限定リングを贈られてから、ずっと左手の薬指にはその指輪をつけていたけれど、本当は私も佑哉さんとお揃いのリングが欲しいと思っていた。

検診も一緒に受けることができたし、今日は何ていい日なんだろう。

「気に入った？」

「はい！　とっても！」

そう答えると、佑哉さんは少しバツが悪そうに私を見つめた。

「本当はもっと早く準備するべきだったのに、すまない」

「……いいえ。私も、披露宴の時には、まだ左手の薬指に結婚指輪をする気持ちにはなれませんでした。だから、今、本当に嬉しいんです。本当の夫婦になれた気がして」

結婚式の日、式場で『結婚指輪を忘れた』と言い放った佑哉さん。

社長にすごく怒られていたけれど、その日は式場がもしものために用意していた借り物の指輪で急場をしのいだ。

結婚後も、彼から指輪の話が出ることはなかった。

きっと佑哉さんは、嘘をためらう私を気遣ってくれていたのだろう。

手をかざすと、きらりとひと粒のダイヤモンドが光る。

夫婦の証に目を輝かせる私を、佑哉さんの優しい眼差しが包み込んでくれた。

私の体調が落ち着いていることもあり、その後ふたりで軽く食事することになった。

佑哉さんは午後から取引先に行く予定があるので、早目のランチだ。

ジュエリーショップのある場所から少し車を走らせ、目についた感じのいいカフェに入ると、店員さんが窓際の席に案内してくれる。

幸いつわりの状態も落ち着いていて、佑哉さんと楽しいランチを楽しむことができた。

食事を終えて最寄りの駅に送ってもらい、佑哉さんと別れる。

「彩花、気をつけて帰るんだぞ。マンションに着いたら連絡を入れて」

「はい。……ふふ、佑哉さん、ちょっと心配し過ぎです」

「何を言ってるんだ。彩花やお腹の子供に何かあったら、俺だってどうなるか分からないぞ」

彼の零れ落ちそうな愛に包まれながら幸せな気分で電車に乗り帰宅すると、ソファに座ってようやく一息つく。

久しぶりの佑哉さんとの外出に、心が弾んでいた。

(楽しかった。つわりが落ち着いたら、また佑哉さんと色々な場所に行きたいな)

満ちたりた気分でソファに深く背を預け、左手を宙にかざしてみる。

薬指には買ったばかりの結婚指輪が、真新しいプラチナの光沢を滑らかに放っていた。

(すごくきれい……。これにして本当によかった)

さっきジュエリーショップでこのペアリングを見た時、ひと目で心惹かれた。

彼と一緒に指につけるイメージがすぐに浮かび、この指輪をつけて彼とずっと生きていきたいと思ったのだ。

(佑哉さんとこんな風になれるなんて、まるで夢みたい……)

そう思うと共に、私は彼と初めて出会った最終面接の日のことを思い出す。

(佑哉さんは覚えてないよね、やっぱり)

ほんの少し寂しく思ったが、すぐに思い直す。

私が覚えていればいいのだ。それに思い出より、今、彼が自分を愛していてくれることの方がずっと大切だ。

取り留めもなく考えながらソファに身を横たえると、途端にとろりとした睡魔が襲い、意識が遠のいていった。

どれくらいの時間が経ったのだろう。

バッグの中のスマートフォンが振動していた。

時刻を確認すると、部屋に戻ってからすでに二時間ほどが過ぎている。

（私、寝ちゃってたんだ……）

誰だろうと思いながらスマートフォンを取り出したが、知らない番号だ。訝しく思いながらもタップして耳に当てると、相手は秘書室長だった。

（えっ、秘書室長!?）

耳に伝わる切羽詰まった声に、全身に緊張が走る。

「秘書室長、何かあったんですか」

『彩花さん、突然すみません。実はさっき社長が倒れられて……。今、病院で処置をしているんですが、予断を許さない状態なんです』

彼の言葉に、身体から血の気が引いていく。

一瞬頭の中が真っ白になったけれど、すぐに我に返り、秘書室長に言葉を返した。

「副社長には……佑哉さんはこのことを知っているんですか」

『副社長は取引先と商談中で、まだ連絡が取れていないんです。彩花さん、申し訳ありませんがこちらに来ていただけないでしょうか』

「分かりました。すぐに向かいます」

電話を切り、私は手早く身支度を整える。

（社長……どうか無事でいてください……）

不安に胸を締めつけられながら、私は無我夢中で部屋を飛び出した。


受付で確認した個室へ向かうと、扉の前で秘書室長が待っていた。

いつも隙なく整えられている髪が乱れていて、状況が思ったより悪いことを感じる。

「彩花さん、体調は大丈夫ですか」

「私は大丈夫です。それより社長は……」

「……どうぞ。中にいらっしゃいます」

部屋に入ると、ベッドに横たわる社長の姿が目に入った。

点滴、サチュレーション、心拍を管理するモニターなど、社長には様々な装置がつけられている。それだけで、予断を許さない状態なのだと理解できた。

「佑哉さんに連絡は」

「取引先でまだ商談中です。海外での承認を伴うリモート会議ですので、あと一時間ほどは連絡が取れません」

「そんな……」

病に侵されていることが分かったあとも、社長は日数こそ半減したがまだ精力的に仕事をしていた。

今では大部分の業務が佑哉さんに移行されているものの、日々の業務もこなしていることから、まだ十分時間が残されているのだと勝手な判断をしていたのだ。

「いったいどうして……」

思わず呟くと、秘書室長が沈痛な表情で口を開く。

「ドクターのお話だと、社長はもう出社するような状態ではなかったそうです」

「えっ……」

「命を縮めているようなものなのに、いくら言っても本人が聞かないと」

秘書室長の言葉に、目の前が真っ暗になった。

(それじゃ、社長は毎日命を削るようなことを……)

私が社長の体調にもっと気を配っていれば、こんなことにならずに済んだのだ。

自分のことで精一杯だったこの数週間を思い、私の胸に苦い後悔が沸き起こる。

社長が病に侵されていたことを分かっていたのに、私は軽率だった。

いつまでもそばにいてくれると、甘えていたのだ。

涙を堪える私を痛々しい眼差しで見つめたあと、「電話してきます」と秘書室長が部屋から出て行った。

私はベッドの脇にある椅子に座り、弱々しく投げ出された社長の手をそっと握る。

節くれだった大きな手は、佑哉さんの手に少し似ていた。

やるせなくて、自分が情けなくて、社長の手に自分の手を重ねて、力なくベッドに顔を埋める。

すると、私の手の中にある社長の手が、わずかに動いた。

ハッとして顔を上げると、うっすらと目を開けた社長がこちらを見ているのに気づく。

「社長……」

言葉にならない私の涙を、社長が手で拭ってくれる。

「彩花さん、泣かないでくれ」

「社長、私……」

「もう思い残すことはないんだ。君たちの結婚式にも出席できたしね」

社長はそう言うと、優しく笑った。

その笑顔が儚く見え、また涙が溢れる。

「ありがとう。佑哉を選んでくれて」

社長の言葉に、胸の奥が痛む。

今、ようやく夫婦になれたとはいえ、あの私たちの結婚は偽装結婚だった。

私と佑哉さんはまだ社長に嘘をついたままだ。

嘘をついたまま大切な人を永遠に失ってしまったら——そう思うと、胸が潰れそうなほど痛む。

社長は世間知らずな私に、人として必要な教養やマナーを教えてくれた。

生きていく上で一番大切なのは、人との繋がりと何に対しても誠実でいること。

そう教わってきたはずなのに、私は彼を欺いたまま永遠に別れようとしてる。

社長の眼差しが私を見つめた。

愛情に満ちた優しい眼差しだ。

絶対にだめだと思った。

このまま別れてはならない。彼のそばにいた日々を嘘で終えてはならないのだ。

そう心に決め、私はまっすぐに彼を見つめた。

「社長、お話があります」

真剣な私の声に社長の表情が変わる。その顔に向かって私は言葉を続けた。

「私、社長に嘘をついていました。私……私たちの結婚は、本当ではありませんでした。本当はあの時、私たちは抱き合っていたわけじゃなかったんです。私の髪が佑哉さんのシャツのボタンに引っかかって、それで……」

涙が溢れて止まらなかった。

社長にこんな嘘をついてしまった自分にも、偽装結婚という誘惑に乗ってしまったことにも。

「……何故そんなことを？　私が君たちの仲を喜んだから？　……きっと佑哉の仕業だな。すまない、彩花さん。あいつは昔から、目的のためには手段を選ばないところがあってね……」

社長は困ったように話を続けようとしたけれど、私は彼を遮るように口を開いた。

「佑哉さんのせいじゃないんです。私、ずっと前から佑哉さんのことが好きでした。でも自分に自信がなくて、彼に自分の気持ちを伝えることができなかった。ただ見ているだけでいいと思っていたんです。でも偽装結婚のことを佑哉さんから伝えられた時、そんなことはできないと思う心の片隅で、彼と一緒にいられるかもしれないと思ってしまった。弱い私の心が、社長を騙したんです」

社長は目を閉じて私の言葉を聞いていたけれど、やがて静かに目を開けて私を見つめた。優しい、慈愛に満ちた眼差しだった。

まるで写真の中にいる、父のように。

「彩花さんは本当にお父さんに似ているんだなぁ。そういう生真面目なところがそっくりだ」

社長はそう言うと、楽しそうに笑った。

(社長はいったい何のことを言ってるの……?)

戸惑って彼を見つめると、社長は微笑んだ表情のまま口を開く。

「君のお父さんは大学の後輩なんだ。同じ部活動で、一緒に練習した仲なんだよ」

「えっ、本当ですか」

「ああ」

初めて知らされた事実に、驚きでいっぱいになる。

父の卒業した大学が社長と同じことは、以前から知っていた。

でもまさかふたりが知り合いだったなんて。言葉を失う私に、社長は続ける。

「君がうちに入社してしばらく経った頃、社内で偶然君を見かけてね。その時、どうしてだか懐かしい気持ちになった。気になって君の名前を調べたら、その理由がすぐに分かったよ。君はお父さんにとてもよく似ているからね」

母には常から言われることだったが、初めて会った人に気づかれるほど似ているなんて。どこか頼りなかった父との繋がりに、また改めて気づかされる。

命の絆はこんなにも強いのだと、父が教えてくれた気がした。

「君のお父さんが事故で亡くなったことはずいぶんあとになって知ったんだ。それに、こうして君を自分の秘書にしたのに、私は仏壇に手を合わせもしなかった。でもそんなことより、君に生きる力をつけさせることが君のお父さんへの供養だと思っていたんだ。きっと彼はその方が喜ぶ。私も父親だからその辺りは分かるよ」

「社長……」

父が松岡製薬のことを口にしていたのも、大学の先輩の実家だったからだろう。

そう思うと、私と佑哉さんの出会いも父に導かれたのかもしれないと感じた。

目に見えないいくつもの縁が、私と佑哉さんを巡り合わせてくれたのかもしれない。

社長は大きく肩で息をすると、目を閉じた。

目を閉じていても、優しい微笑みを浮かべていた。

「彩花さん、佑哉はもうずっと以前から君に夢中だった。それに君だって。だったら私はふたりに騙されてなどいない。今でも嬉しいよ」

「えっ……」

(社長は最初から私の気持ちに気づいていたの……?)

言葉もなく戸惑っていると、目を閉じたまま社長の顔にまた優しい微笑みが浮かぶ。

まるで私の顔が、はっきり見えているみたいに。

「好きな人のことは、何となく分かるものなんだ。でもあまりに愛し過ぎると、相手の気持ちが分からなくなることもある。私は妻の気持ちをちゃんと理解できていたのかな……。君たちは後悔しないように、お互いの気持ちを正直に伝えるんだよ」

その言葉を最後に、社長の言葉が途切れた。

「社長……?」

不安になってさらにベッドのそばに近寄ると、突然けたたましいアラーム音が病室に響く。

「社長!!」

慌ただしく数人の看護師さんが病室に入り、意識を失った社長に様々な器具がつけられていく。

「社長！　……社長、起きて……」

ベッドに縋ろうとした身体を、年配の看護師さんに遮られた。腕を掴まれ、入り口へと追いやられる。

「処置をしますので、廊下に出てください」

目の前で閉まっていく扉に、社長の姿が細く閉ざされていく。

消毒液の匂いが漂う廊下にひとり取り残され、私はただ呆然と立ち尽くすことしかできなかった。


「彩花……しっかりして。ちゃんと俺を見て」

気づくと目の前に佑哉さんがいた。

すでに診察時間を過ぎた待合室には人影はなく、受付や会計は閉じられて照明すらまばらだ。

ここはどこだろう、そう思いを巡らせた瞬間、ハッと我に返った。

「佑哉さん、社長は……！」

「何とか持ち直した。……ごめん。色々手間取って、彩花を探すのが遅くなった」

社長の無事を聞いて心からホッとすると、途端に身体に力が入らなくなった。

ふらりと倒れそうになると、佑哉さんが逞しい腕で支えてくれる。

「彩花、大丈夫か」

「私は大丈夫です。それより、社長の容態は……」

「今は薬で眠ってる。一時はどうなってもおかしくない状態だったけど、今は安定しているらしい。ものすごい生命力だって、ドクターが褒めてくれたよ」

佑哉さんは私の隣に座って腕を回し、そっと抱き締めてくれる。

けれど彼の身体が小刻みに震えていることに気づき、身体を離して彼の顔を覗き込んだ。

「佑哉さん……」

見たことのない心細げな眼差しが私の心を揺さぶる。

目が合うと、佑哉さんは大きな手で口元を押さえて「まいったな」と呟いた。

常に自分を見失わない、揺るぎない彼からは想像できない、今にも崩れ落ちそうな姿が胸に突き刺さる。

「このまま父と別れると思ったら、身体が震えたんだ。俺はまだ何もできていない。

まだ父の代わりにもなれていないし、父に伝えたいことも何も言えていない。そう気づいたら怖くなった。心細くて、堪らなくなったんだ」

「佑哉さん……」

「どんなに取り繕っても、自分は臆病で弱い人間なんだと思い知らされる。自分の無力さを嫌と言うほど突きつけられる。彩花と生まれてくる子供を本当に幸せにできるのかも、分からなくなる……」

心の底から言葉を絞り出す彼を、私は思わず抱き締めていた。

佑哉さんだけじゃない。愛する人の前では、誰だって弱くなる。

大切に思えば思うほど、失うことが怖くなるのだ。

私も、佑哉さんも。それに佑哉さんや私の両親だって。きっと誰もが、愛することと失うことを繰り返して生きていくのだろう。

「私がずっと佑哉さんのそばにいますから」

思わず口をついた言葉に、佑哉さんが息を呑む。

「私も、それにこの子も、佑哉さんをずっと愛してる。だから佑哉さんも私たちのそばにいてください。……ずっと私たちを愛してください」

佑哉さんの手が私の身体を抱き締める。

私の肩に顔を埋め、佑哉さんは泣いているのかもしれなかった。

マンションに戻ると、佑哉さんが簡単な食事の用意をしてくれた。野菜スープを少し冷ましたものに春雨を入れて、私の前に置いてくれる。

食事のあとには、佑哉さんが入浴の準備もしてくれた。

ゆったりとお湯につかると身体ばかりでなく心まで解されていくようで、全身から力が抜けていく。

『好きな人のことは、何となく分かるものなんだ。でもあまりに愛し過ぎると、相手の気持ちが分からなくなることもある』

頭の中で、何度も社長の言葉が繰り返されていた。

(まるで私と佑哉さんのことみたい)

私も最初はこんなにも愛してくれる佑哉さんの気持ちが分からなかった。

佑哉さんだってそうだ。私が大学生の時から佑哉さんを知っていることを、彼は未だに知らない。

『君たちは後悔しないように、お互いの気持ちを正直に伝えるんだよ』

どんなに近しい存在になっても、気持ちを伝え合うことは難しい。相手の反応を気にして自分らしくいられなくなることだってあるだろう。

でも本当の自分を知ってもらわなければ、きっと深く分かり合うことなどできない。

（佑哉さんに私を知ってもらいたい……）

誰よりも大切な佑哉さんに、今は私のすべてを伝えたい。

入浴を終えてリビングに戻り、入れ替わりで佑哉さんが浴室へ行ってしまうと、私はひとりソファに背を預けた。

色々なことがあった一日だった。身体が温まって緊張の糸が解けると、とろりとした睡魔が襲ってくる。

いつの間にかうたた寝をしてしまい、気づいた時には佑哉さんに抱かれて寝室のベッドに下ろされるところだった。

彼は私をベッドに下ろすと、自分も隣に身体を横たえる。

私を見つめる優しく凛々しい顔立ちは、私が父と似ているようにどこか社長の面影と重なって見える。何もかもが繋がっていたのだと、今さらのように気づかされる。

「社長は大丈夫でしょうか」

私の問いかけに、佑哉さんは穏やかな笑みを浮かべた。

「ああ。さっき病院に電話をしたら、もうずいぶん状態が安定したと教えてくれた。まだ油断はできないだろうが、きっと大丈夫だ。父さんは意外としぶといから」

「よかった……」

ホッとして思わず笑顔になると、腕枕で抱き寄せられ、彼の胸に閉じ込められる。

「疲れただろう。今日はもう眠ろう」

佑哉さんの体温が感じられるシャツに顔を押しつけると、ただそれだけで幸せに満たされる。

いったいいつの間に、こんなに大切な人になっていたのだろう。

思う存分彼の胸に顔を押しつけて、私はそっと顔を上げる。

「佑哉さん、私、佑哉さんに話したいことがあるんです」

「何?」

「私が佑哉さんを最初に好きになった時のこと」

その言葉に佑哉さんの黒い瞳が優しく緩んだ。大好きな人の笑顔に、胸の中が愛しさでいっぱいになる。

「私、本当は秘書になる前から佑哉さんのことが好きだったんです」

「……それはどういうこと?」

「実は新入社員の時から、いつもこっそり佑哉さんを見ていました。ばれないように気をつけながら」

私の赤裸々な告白に、佑哉さんは嬉しそうに声を上げて笑った。

滅多に見られない無防備な笑顔は、簡単に私の鼓動を速くさせる。

「それに私、入社する前にも佑哉さんに会ってるんです。佑哉さんは絶対覚えてないと思いますけど」

「……それはいつ?」

「就職活動の最終面接の日に、私、エレベーターを間違えて最上階に上がってしまったんです。下りようとしたらエレベーターが使えなくて、非常階段で下りようとしたら躓いて転んでしまって」

慣れないヒールで階段を駆け下り、落ちそうになった私を抱き留めてくれた人は今私の目の前にいる。

そう伝えようとしたところで、佑哉さんが不意に口を開く。

「俺はあの日、父に呼ばれてニューヨークから日本に戻ってきたところだった。母に病が見つかって、少ししかない残りの日々を母と一緒にいて欲しいと父に頼まれたんだ。あの時の俺には会社に戻るつもりもあとを継ぐつもりもなくて、母を看取ったらニューヨークに戻ろうと思っていた。階段から落ちてきた女の子をこの腕で抱き留めるまではね」

「えっ……」

（それって私のこと？　佑哉さん、あの日のことを覚えているの？）

呆然と目を見開く私の頬に、佑哉さんの指が触れる。

「その子と話して、俺はこの会社が多くの人の命を救っていることを知った。本人の命だけじゃなく、家族の幸福をも守っていることを知ったんだ。だから父と父を最後まで支えた母が守ってきたこの会社を、俺も守りたいと思った」

「佑哉さん……」

「また会いたくてやっと探し出したのに、その子は俺のことを忘れているみたいだった。俺はお礼が言いたかったんだ。本質を見極めず父を逆恨みしていた俺に、その子は本当に大切なことを教えてくれた。仲よくなりたいとずっと思っていたのに、もたもたしている間に社長秘書に抜擢されて……ますます手が届かなくなってしまったんだ」

私は佑哉さんの深い眼差しを、瞬きもせず見つめる。

信じられない。

彼が私を覚えていたなんて。私の言葉で松岡製薬に帰ってきたなんて。

息が止まるくらいびっくりしていたら、自然に涙が零れた。

困ったように眉尻を下げた佑哉さんが、指で涙を拭ってくれる。

「……分かった？　俺だってずっと彩花が好きだったよ。気づかれないようにこっそり君に見惚れて、苦しいくらい恋焦がれて。胸の痛みも、眠れない夜も、全部君が教えてくれたんだ」

「嘘。だって佑哉さんはずっと城之園さんと……」

「また城之園さん？　いい加減にしないと本気で怒るぞ。……大体、彼女と俺がどうこうなるわけないしな。彼女の恋人は俺の友人だし」

「えっ……」

また追加される新たな情報に、私の頭はパニック寸前だ。

「城之園さんとは彩花が気にするような関係は一切ない。どちらかというと、男の友人に近い感覚かな。それに彩花が妊娠したことがショックだったみたいで……。彼女、本気で彩花のことを育てようとしていたみたいだぞ。資質がいいって俺にもいつも褒めてる」

疎まれていると思っていた城之園さんの温かな気遣いを知り、また涙が溢れてくる。

（私、こんなに涙もろかったのかな。それとも、妊娠したせい？）

佑哉さんは手のひらで私の涙を拭ってしまうと、また身体ごとギュッと私を抱き締めた。

社長室で佑哉さんのシャツのボタンに髪が引っかかってしまったことは偶然だけれど、私たちに繋がるいくつもの糸は、私と佑哉さんだけではなく周囲の人たちにも繋がっている。

始まりは偽装結婚じゃなく、あの日非常階段で私たちが出会ったこと。

あの時から、私たちの物語は始まっていたから。

「彩花、だから……いい？　彩花は俺の人生を決めたんだから、責任を取らなきゃいけない。だからずっと俺のそばにいてくれ。俺の人生を照らしてくれ」

「佑哉さん……」

「愛している。改めて……彩花、俺と結婚してくれる？」

「はい。いつまでも一緒にいてください」

結婚式は終わって、赤ちゃんまでできて。でも私にとっては、最高のプロポーズだ。

「彩花……好きだ」

私を見つめる彼の瞳が黒く艶めく。

瞬く間に温度を変える彼の情熱に、互いに引き寄せられるように唇を重ねた。

柔らかな唇を触れ合わせて何度も浅いキスを繰り返したあと、彼の柔らかな舌が私の中に入り込む。

互いを味わうように絡め合い、離れてはまた触れ合って、彼との終わりのないキスが続いていく。

「彩花……」

彼が私の名を呼んだ。切なげに、愛おしげに。

彼の私への愛が胸に満ちて、止まらなくて、手を伸ばせばまた新しいキスが与えられて。彼への恋心が溢れて、愛に変わる。

歳をとっていつか永遠の別れが来たとしても、この気持ちは誰にも消せはしないから。

「君を二度と離さない。……覚悟して」

終わりのない彼の熱情に浮かされて、私はまた彼の愛に溺れるのだった。

新しい始まりは彼と共に

「彩花、支度はできた？　もうそろそろ出ないと間に合わないぞ」

「佑哉さん、ちょっと待って！　俊哉《としや》を着替えさせてるから！」

階下の佑哉さんに向かって叫ぶと、階段を上ってきたお母さんが私の腕からひょいと俊哉を受け取る。

「彩花、もう行きなさい。俊哉のことはお母さんに任せて。今日が育休明けの初日なんだから、遅刻なんてできないでしょ？」

母にそう言われ、私は後ろ髪を引かれる思いで俊哉のほっぺたにキスを落とす。

「俊哉、いい子でお留守番しててね。ママ、頑張ってくるから」

「あーいー」

「彩花、早く行きなさい。佑哉さんが待ってるわよ」

母に促され、私は二階の寝室から玄関ホールに続く螺旋階段を駆け下りる。

ここは佑哉さんの実家。松岡製薬の当主が代々住む、古い洋館だ。

私たちがここに引っ越してきたのは約二年半前。お義父さんがオフィスで倒れ、救急搬送された直後のことだった。

あのあと一命を取り留めたお義父さんは、それまでの考えを覆してリンパ腫の治療を始めた。

そして抗癌剤の効果もあって奇跡的な回復を遂げ、今では日常生活に支障がないまでに健康を取り戻している。

佑哉さんも私も心から安堵したが、また何かあってはいけないとふたりで相談してこの家に同居することを決めた。

最初は『迷惑をかけたくない』と固辞していたお義父さんも、私の妊娠を知ったあと、急に態度を軟化させた。

臨月には実家には戻らず母がこちらへ来てくれることとなり、長年介護の仕事していた母がお義父さんの身の回りのことを手伝うこともあったりで、俊哉が生まれた頃には、今度は母がこの家に引っ越して来た。

もともと通いで来てくれるお手伝いさんも含め、今では六人の賑やかな生活を送っている。

玄関ホールでは佑哉さんが私を待っていてくれた。

「彩花、もう出られる?」

「はい。お待たせしました」

佑哉さんは私のあとから俊哉を抱いて下りてきた母に歩み寄ると、手を伸ばして抱っこをせがむ俊哉を抱き上げる。

「俊哉、おばあちゃんの言うことをよく聞いて、いい子にしてお留守番してるんだぞ」

「ぱーぱ、ぱぱ」

「分かった分かった。帰ってきたら一緒に遊ぼうな」

佑哉さんは俊哉のほっぺたに自分の頬を押しつけ、何度も「ちゅー」と言いながらキスをしている。

キャッキャッと明るい笑い声を上げる佑哉さんと俊哉を、いつの間にか玄関まで出てきていたお義父さんも笑顔で見守っている。

あれから、佑哉さんとお義父さんはそれぞれ心の内に秘めていたことを話し合ったそうだ。

佑哉さんも今まで知らなかったお義父さんの本心を知り、理解を深めることができたという。

長年すれ違っていたふたりの関係が穏やかなものになったことが私も心から嬉しい。

「それじゃ、行ってきます」

お義父さんと母に笑顔を向けると、ふたりとも笑顔で頷いてくれる。

ここへきて分かったことだけれど、母はお義父さんと父の関係を以前から知っていたそうだ。生前の父は、母にお義父さんとの思い出話をよくしていたらしい。

不思議な縁に、今も亡き父が私たちを見守ってくれているのだと心強く思う。

「お義母さん、俊哉のことをよろしくお願いします」

「任せておいて。佑哉さん、彩花のことをよろしくお願いしますね」

「はい。任せてください」

「あーうー」

最後に響いた俊哉の得意そうな声に、みんな揃って笑顔になった。


車が走り出してしばらくすると、今度は久しぶりの職場復帰に緊張が高まった。

(やっぱり二年ぶりともなると緊張するなぁ)

今日からしばらくは時短勤務だが、私が復帰する部署は秘書室ではなく人事部だ。

育児をしながら今後のキャリアプランを考えた時、私は次第に松岡製薬に新しく入社する学生や新人たちのサポートをしたいと考えるようになった。

産休・育休中にキャリアカウンセラーの資格も取得し、その努力もあってこのたびめでたく人事部に異動になったというわけだ。

とても緊張するけれど、新しいことを始める時に感じる緊張は心地いい。

「城之園さんは文句を言ってたけどな。せっかく秘書として鍛え上げたのにって」

「秘書として培ってきたことは、きっと人事でも生きると思う。何より、人を相手にすることは同じだから。お義父さんや城之園さんに教えてもらったことは、今でも私の中の核みたいなものになっているから」

城之園さんは今、社長となった佑哉さんの秘書をしている。

相変わらずの才色兼備で今や佑哉さんの頼もしい右腕だ。将来的には女性初の秘書室長になると、お義父さんも太鼓判を押している。

ちなみに秘書室にいた中垣内さんたちは、あのあと郊外の倉庫に転勤になった。

あのロッカー室でのお菓子事件は、なんと私のつわりを疑っての嫌がらせだったらしい。何でも、私がロッカー室で口元を押さえて気分が悪そうにしていたことを見て疑ったとのことだ。

どうしてばれたかと言うと、中垣内さんたちの悪だくみを偶然聞いていた新入社員たちが、城之園さんに相談してくれたからだそう。

「一生懸命な人を陥《おとしい》れるなんて許せない」と勇気を出して相談してくれた新人さんたちには、今でも感謝の気持ちでいっぱいだ。

「彩花、今日帰りはどうする？　何だったら俺、早退するけど」

「ちゃんと電車で帰れますから。佑哉さんはお仕事頑張ってくださいね。頼りにしてます。社長」

「何だよ、それは。何だか馬鹿にされてるような気分だな」

佑哉さんは社長が倒れたあと、予定を繰り上げて急遽社長に就任した。

周囲の評価は上々で、金融業界での経験を元に資産運用でも手腕を発揮している。

でもそれもあくまで本業の屋台骨を強くするためのこと。佑哉さんの目標は、お義父さんのように世界中の人を救う薬を作ることだ。

「彩花」

「何ですか」

運転席を見ると、彼は前方に視線を馳せたまま言う。

「愛してるよ」

赤信号で車を停めたタイミングで、そっと彼に寄り添う。

「私も、愛してる」

愛してる。この先に訪れる未来でも、ずっと。

彼の唇にそっとキスを落とすと、信号が青になった街路を軽やかに車が滑り出した。

エピローグ

彩花とエレベーターで別れて社長室に入ると、すでに秘書の城之園さんが会議の支度をしていた。

今日は月に一度の定例会議。そのせいで彩花も早く出社させることになってしまったが、久しぶりのふたりきりのドライブは楽しい。

信号が赤になったタイミングでのキスを思い出し、自然と笑みが零れる。

「おはようございます、社長」

「おはようございます。それに資料をありがとうございます。でも土日は休みなんだから、次からは当日で結構です。週末くらいゆっくり休んでください」

「いえ、ぎりぎりは私が嫌なんです。何だか、落ち着かなくて」

城之園さんは、少々ワーカホリック気味のキャリア志向だ。

父が言うようにおそらく数年後にはわが社始まって以来の女性秘書室長誕生となるだろうが、そうなればまた婚期が遠ざかり、俺が友人に愚痴を言われる羽目になる。

彼女たちが交際して、もう五年ほどになるだろうか。

城之園さんの出世が本決まりになれば、きっと彼女にぞっこんの友人に俺が恨み節をぶつけられることになるのだろう。

「社長、コーヒーをお飲みになりますか」

「ええ。お願いします」

「少々お待ちくださいませ」

城之園さんが社長室の奥へ向かう後姿に、フッと二年前のあの日のことを思い出す。

あの日、俺は父のオフィスに会議の十分前に来るよう指示されていた。

父はいつも時間きっかりにオフィスに現れる。

だからあの時、俺と彼女が密着したタイミングでオフィスのドアを開けたのだ。

そう。時間通りに。

「社長、コーヒーはどちらに」

「ソファにお願いします」

「かしこまりました」

デスクから立ち上がりソファに移ったタイミングで、資料を用意する城之園さんの長い髪が目に入った。

彼女の髪は柔らかなウェーブヘア。

同じ女性でも彩花とは髪質が違う。

彩花の髪は細いわりにコシがあり、さらさらと流れるような質感だ。

だからあの時、わざと絡ませようとしたワイシャツのボタンに上手く絡まず、結局彼女に見えないよう指に絡ませた。

でもあのタイミングで父が入ってきたのは、本当に偶然だ。

たくさんの奇跡があって彼女との今があると思うと、神さまには感謝してもしきれない。

「社長、そろそろ会議室にお入りください」

俺は左手の指輪にさりげなく唇を落とす。

奇跡を起こす天使を手に入れた俺に、もう恐れるものは何もない。

立ち上がり、ドアを開けて、俺は振り向きもせず社長室をあとにした。

あとがき

こんにちは。はじめまして。有坂芽流《ありさかめる》と申します。

たくさんの本の中から拙作を手に取って頂き、本当にありがとうございます！

今作のヒロイン・彩花は幼いころ父親を交通事故で亡くし、以来母親とふたりで手を取り合って生きてきた素直でひたむきな女性。

一方ヒーローの佑哉は一般とは違う家庭環境で育ったため、優しいけれど少し屈折した性格をしています。

通常私の描くヒーローはいつも完璧な御曹司設定が多いのですが、今回は少し毛色の変わった男性になったかも……。

けれどその分、ヒロインへの愛情は人一倍。不器用ながら愛しすぎなくらいの愛で彩花を包み込み（囲い込み？）、絆を深めていきます。

ふたりがハネムーンで訪れるモルディブのシーンは遠い昔に訪れた記憶をたどって書きましたが、紺碧の海と降るような星空が印象的なとても美しい場所でした。

想像の中で、皆様もふたりと一緒に南国の旅を楽しんで頂けると嬉しいです。

突然未知の病が現れてから、もうすぐ二年が過ぎようとしています。

世界はすっかり変わってしまい、大好きな人と自由に会うこともままならず、大げさでなく生命の危機を身近に感じる毎日です。

でもだからこそ、自分にとって大切なものに気づくのかもしれません。

恋人や家族、親しい人への親愛の気持ち。

愛にもさまざまな形がありますが、今作はそんなたくさんの愛にあふれた一冊になった気がしています。

互いを想う気持ちを大切に守り育んだ、彩花と佑哉の物語。

皆様に少しでもお楽しみ頂けましたら、これ以上の幸福はございません。

最後になりましたが、この本が刊行されるまでにご尽力頂いたすべての皆様に感謝申し上げます。

そして何より、いつも見守って下さる読者の皆様に心からの感謝と愛を込めて。

お元気で、幸福で。またいつかお目にかかれることを心から祈っています。

有坂芽流

ファンレターの宛先

マーマレード文庫をお買い上げいただきありがとうございます。
この作品を読んでのご意見・ご感想をお聞かせください。

宛先
〒100-0004　東京都千代田区大手町 1-5-1
大手町ファーストスクエア イーストタワー 19 階
株式会社ハーパーコリンズ・ジャパン　マーマレード文庫編集部
有坂芽流先生

原・稿・大・募・集

マーマレード文庫では
大人の女性のための恋愛小説を募集しております。

優秀な作品は当社より文庫として刊行いたします。
また、将来性のある方には編集者が担当につき、個別に指導いたします。

募集作品
男女の恋愛が描かれたオリジナルロマンス小説(二次創作は不可)。
商業未発表であれば、同人誌・Web上で発表済みの作品でも応募可能です。

応募資格
年齢性別プロアマ問いません。

応募要項
・パソコンもしくはワープロ機器を使用した原稿に限ります。
・原稿はA4判の用紙を横にして、縦書きで40字×32行で130枚～150枚。
・用紙の1枚目に以下の項目を記入してください。
①作品名(ふりがな)/②作家名(ふりがな)/③本名(ふりがな)④年齢職業/⑤連絡先(郵便番号・住所・電話番号)/⑥メールアドレス/⑦略歴(他紙応募歴等)/⑧サイトURL(なければ省略)
・用紙の2枚目に800字程度のあらすじを付けてください。
・プリントアウトした作品原稿には必ず通し番号を入れ、右上をクリップなどで綴じてください。
・商業誌経験のある方は見本誌をお送りいただけるとわかりやすいです。

注意事項
・お送りいただいた原稿は返却いたしません。あらかじめご了承ください。
・応募方法は必ず印刷されたものをお送りください。
CD-Rなどのデータのみの応募はお断りいたします。
・採用された方のみ担当者よりご連絡いたします。選考経過・審査結果についてのお問い合わせには応じられませんのでご了承ください。

m a r m a l a d e b u n k o

応募先
〒100-0004 東京都千代田区大手町1-5-1 大手町ファーストスクエア イーストタワー19階
株式会社ハーパーコリンズ・ジャパン「マーマレード文庫作品募集」係

ご質問はこちらまで E-Mail / marmalade_label@harpercollins.co.jp

マーマレード文庫

一途な御曹司の甘い策略で愛され懐妊花嫁になりました

2021年11月15日　第1刷発行　定価はカバーに表示してあります

著者　有坂芽流　©MERU ARISAKA 2021
発行人　鈴木幸辰
発行所　株式会社ハーパーコリンズ・ジャパン
東京都千代田区大手町1-5-1
電話　03-6269-2883（営業）
0570-008091（読者サービス係）
印刷・製本　中央精版印刷株式会社

Printed in Japan ©K.K. HarperCollins Japan 2021
ISBN-978-4-596-01723-9